3
（著）雪仁
（イラスト）かがちさく
JN250199
隣のクーデレラを
甘やかしたら、
ウチの合鍵を
渡すことになった

（恥ずかしいよ）
「……I'm embarrassed…」

ユイが自分の身体を両手でそっと抱きながら、
波の音にさらわれてしまいそうなほど
小さな声で呟いた。

「……ユイ？」
湯舟から身体を起こしてスマホを手に取ると、
そこにはユイからのメッセージの通知。

すっごく綺麗だから、夏臣にもお裾分け

『あ……今、あそこに……』

ユイが瞳を丸くしながら夜空を指さす。
その細い指先を辿って夜空を見上げると、
すぐに後を追うように一筋の光が流れていった。

CONTENTS

隣のクーデレラを甘やかしたら、ウチの合鍵を渡すことになった

I spoiled
"quderella" next door
and I'm going to give her
a key to my house.

3

(著) 雪仁
(イラスト) かがちさく
Author: Yukihito
Illustration: Kagachisaku

プロローグ

I sp
“quderella” next
and I'm going to giv
a key to my h

ユイ・エリヤ・ヴィリアーズ。

彼女は俺、片桐夏臣(かたぎりなおみ)と同じ東聖学院の二年生で、今年の四月にイギリスの姉妹校から交換留学生制度でうちのクラスに編入して来た。

ユイはイギリス貴族を家系に持つ英日のハーフで、日本人らしい艶のある長い黒髪とイギリス人の特徴である碧眼(へきがん)を持っている。

切れ長で大きな瞳と整った顔立ち、それに均整の取れたしなやかな身体(からだ)付き、何よりその凛(りん)としたクールな佇(たたず)まいから、クラスメイトたちからはその出自も合わせて深窓(クーデレラ)のお姫様と呼ばれ、憧れと畏敬の視線を集めている女子だ。

でも転校当初の取り付く島もないクールさは今ではだいぶ緩み、最近ではクラスの女友達と話をしている姿も珍しくはない。表情は相変わらずクールではあるけども。

異性を惹(ひ)き付(つ)けてしまうその容姿からか、男子連中には一歩……いや二歩ほど線を引いてる感は否(いな)めないが、クーデレラと呼んでいる連中からするとその感じもまた堪(たま)らないらしい。

そして転校から三ヵ月経った今現在、そんな感じで上手くやれているユイだが、俺との間には表向き隠していることがある。

俺は一昨年に『高校入試で特待生を取ったら一人暮らし』という条件を達成し、両親との約束通り高校生にして一人暮らしをしている。

そしてユイもイギリスから単身で留学をして来たので、俺が住むマンションの隣の部屋に引っ越して来て一人暮らし。

東聖学院から通える範囲である程度の好物件となれば絞り込まれるとはいえ、まさかクラスメイトの女子と隣人になるとは思ってもいなかったが……隠しているのはそれだけじゃない。

実はユイと俺は毎晩うちで食事を共にしている。

一人暮らしなのにまったく自炊をしたことのないユイに、食費と自炊の手間を共有することでお互いにメリットがあるという提案からの合意でそうなった。

でも本当のところは、ユイが複雑な家庭事情を背負って一人で頑張ろうとしている姿を見て、俺が出来るお節介を焼かせてもらいたくなったというのが本音だ。

そんな生活の中でユイが少しずつ笑顔を見せてくれるようになって、俺を頼ってくれるようになって、ずっと囚われていた過去の苦しみを乗り越えて、今では心から笑ってくれるまでになった。

そんな笑顔を見せてもらえるようになったことを誇りに思いつつ、ユイと二人で色々な思い出を作りながら春からの約四ヵ月間を過ごしていた……のだけれども。

一緒に出掛けた八景島シーパラダイスの花火大会。

大きな花火が咲いては消えていく夜空の下、お互いに微笑(ほほえ)みながら笑顔が重なった。

『来年もまた一緒にこの花火を見に来よう』

その約束を交わした時、俺たちはもう恋に落ちていたのだった。

そして暦は七月十八日の日曜日。

件(くだん)の八景島シーパラダイスの花火大会『花火シンフォニア』が終わった翌日。

クーデレラという呼び名に違和感ないはずのクールで凛(りん)としたお姫様は、

「……その、どうしよっか？」

戸惑うように頬を赤く染めながら、でもどこか期待してるような上目遣いを隣の俺に向けていた。

横浜・中華街から少し離れた、大通り沿いの木陰にあるベンチの上。

行き交う人たちの喧騒(けんそう)は少し遠く、七月らしい強い陽射(ひざ)しが俺たちの周りをジリジリと照らしている。

「……そうだな、どうするかな」

同じように困惑している俺の返事を聞いて、ユイが困ったように視線を落とす。

ユイの手の中には『目録』と書かれた封筒。

その中身は、ユイが昨日の花火大会のためにレンタルしてくれた浴衣の返却時にもらった福引券で当てた『伊豆箱根修善寺温泉一泊二日、ペア宿泊券』の目録。

特等賞である金色の抽選球が出た瞬間、ユイの身体が飛び跳ねるほど強烈に響き渡ったハンドベルと抽選スタッフたちの祝福の声。

それらから逃げるようにして辿り着いたベンチの上で、お互いにどうしたら良いものかと思いながらもう一度大きな溜息を吐き出した。

ユイが中に入っている目録を開くと、そこには静岡県伊豆市にある箱根修善寺という温泉街にあるホテルの連絡先と、利用可能な時期は八月中という旨が書いてある。

八月中なら俺もユイも夏休み期間中だし、俺たちがバイトで所属している教会も夏休みで人手が余っているため、旅行の日程自体は問題ない。

(その辺りの問題はないんだけど……)

ユイとはほぼ毎日の晩御飯を一緒にしてるし、どこかに出かけるにしても遠慮なく誘えるし、花火大会でデートだってしたし、お互いに特別な相手だと口に出来るくらいの信頼関係はある。

でも昨日、俺はユイのことが好きだと自覚してしまった。

たかがその気持ちひとつのことだけなのに、あれからユイの存在感が全然違う。

ただでさえ可愛いユイが三割増しで可愛い。

隣から横顔を見る度に可愛いと思ってしまうし、今も困ったようにちらちらと俺を窺う表情も最高に可愛らしい。

今までと同じように隣にいるだけなのに、胸の奥から何とも言えない甘苦しい気持ちが込み上げて来て堪らなくなってしまう。

そんな状態で急に降って湧いた、二人きりの旅行。

当たったのが遊園地のチケットだったなら、何を迷うこともなく一緒に行きたいと誘った。

でも、温泉。

しかも泊まり旅行。

変な下心なく、ユイと旅行デートなんて純粋に楽しそうだと思う……けども。

目録の注意書きには『一部屋で二人利用』だとも明記されている。

さすがにそれは恋人でもない高校生二人にはちょっとハードルが高過ぎて、いくらユイとでも『行きたい』と思う気持ちだけで返事が出来ずに口ごもってしまう。

◆
◆
◆

「……その、どうしよっか？」

手の中にある旅行の目録を広げながら、隣に座っている夏臣を横目で盗み見る。

夏臣は口元に手を当てながら難しい顔をして、何か必死に言葉を探しているみたいだ。

中華街の喧騒から離れた場所のベンチに座って、夏らしく眩しい木漏れ日に顔を上げて溜息を吐き出す。

「そうだな、どうするかな……」

夏臣も私と同じように困った顔をしながら言葉を濁した。

私と夏臣はほぼ毎日顔を合わせてるし、スマホで他愛ないメッセージのやり取りもするし、初めてのデートに浮かれて花火大会用に浴衣をレンタルしちゃうくらい特別な相手には想っている。

正直、好きでたまらない。

花火大会に誘われた後、喜んでくれるかなとか、可愛いって言ってくれるかな、という一心でレンタルした浴衣を着て行っちゃうくらい夏臣が大好きだ。

今思えば浮かれ過ぎてた気もするし、改めて考えると顔から火が出そうなくらいに恥ずかし

い。

（……でも、似合ってるって褒めてもらえて嬉しかったなぁ）

昨日のことを思い出すだけでも口元が緩んでしまいそうなのを必死にこらえながら、浮かれた甲斐もあって当たった目録にもう一度視線を落とした。

これが映画のチケットだったなら、何を迷うこともなく一緒に行こうと誘ったと思う。

でも、温泉。

しかもお泊まりの旅行。

正直な気持ちは、行きたい。

でも目録の注意書きには『一部屋で二人利用』だと明記されている。

異性の友達と旅行して同じ部屋に泊まるというのは、いくら恋愛事に疎い私でも非常識だということは分かる。

（……そうは分かってるのに）

それでも胸の中は夏臣と旅行に行きたいっていう気持ちでいっぱいになってしまってる。

でもそれを口に出したら、いくら私に甘い夏臣でも困らせてしまうのは考えるまでもない。

それが分かるからこそ、好きな人と旅行に行きたいと思う気持ちだけで返事が出来ず、唇を噛んで俯くしか出来なかった。

それでも黙っていても仕方がないと意を決して顔を上げた瞬間。

『ぐうぅぅうぅぅ〜〜〜……』

猛烈に私のおなかが空腹を主張した。

大慌てで自分の腹を両腕で押さえるが、聞き間違えようのないほどの大主張だったため、聞こえないフリをすることも出来ずに引きつった苦笑いを夏臣に向ける。

「何でこんなタイミングで……死にたい……あはは……」

泣きそうになりながら乾いた笑い声を漏らす。

お陰で張り詰めていた緊張の糸がぷっつりと切れて、堪え切れなかった夏臣から笑い声がこぼれ落ちた。

「ほ、ほんとに……その、ごめん……」

肩をさらに小さくして、消え入りそうな声で呟(つぶや)いて縮こまる。

「悪い、笑うつもりはないんだけど……」

謝りながらも堪え切れずに笑ってしまう夏臣を見て、私も何だか釣られるように可笑(おか)しくなって笑みがこぼれてしまった。

そのままさっきまでの空気を笑い飛ばすように、私も笑顔で首を竦(すく)めて見せる。

「とりあえず昼飯でも食べに行くか。せっかく中華街まで来たことだし」

「そうだね、ひとまずそうしよっか」

夏臣の提案でお互いに一息ついて顔を見合わせると、旅行の話は一旦後回しにして、さっき出て来た中華街へと昼食を食べにベンチを連れ立った。

1章　似た者同士は面倒臭い

I sp
"quderella" next
and I'm going to giv
a key to my h

昨日の中華街での一件から翌日。

週明けの学校、昼休みの教室で俺が購買のカツサンドをかじると、前の席に座っている友人の鈴森慶（すずもりけい）が机の上に身を乗り出して来た。

「で、どうだったんだ花火大会は」

溢（あふ）れ出（で）る野次馬心を隠そうともせず、にこにこと楽し気な笑顔で俺にそう尋ねてくる。

（……ついに来たか）

俺の隣の席に座っているユイも昼休みでどこかへ離席してるし、今が話をするチャンスだと思ったんだろう。

まぁそもそもユイを誘って行ってこいよと花火大会のチケットをくれたのが慶なので、ちゃんと報告はしないとなとは俺も思っていた。

しかも花火が一番良く見える特別観覧席のチケット。

そのお陰でユイと花火大会のデートにも行けたわけだし、浴衣（ゆかた）姿のめちゃくちゃ可愛（かわい）いユイも見れたし、自分の初恋を自覚するきっかけにもなった。

今まで全く色恋沙汰がなかった俺の様子を楽しまれてるだけのような気もするが、色々とありがたいアドバイスもしてくれるし、大きなお節介を焼いてくれた友人に当日の簡単なあらましを説明する。

もちろんある程度の恥ずかしい部分は省略しつつ。

「なるほどねぇ。まぁ色々と楽しめたわけだ？」

「……まぁ、お陰様でな」

「恋愛にまるで興味なかった夏臣がアオハルしてるなんて、マジで感動もんだなぁ」

いつものようにけらけらと笑いながら慶が満足そうに頷く。

慶とは高校に入ってからの友人で、かれこれ一年以上は一緒にいることになる。

でも確かに恋バナに属する話題が出ることはなかったので……まぁ非常に照れ臭い。

別に好いた惚れたは悪いことでも恥ずべきことでもないと思うし、ユイが好きだという自分の気持ちにはもちろん胸を張れる。

が、それでも照れ臭いものは照れ臭い。

居心地の悪さに顔をしかめながら、パンと一緒に買って来たパックのコーヒー牛乳をずるずると飲んでごまかす。

「で、その福引が当たった後はどうしたんだ」

「中華街で点心食べ歩きして帰って来た」

「いやそうじゃなくて」

「いや、だからまぁ……そのままの意味なんだけど」

「は？　そのままって……」

俺が気まずく顔を背けながらコーヒー牛乳をすすっていると、慶が『あっ、察し』という顔でけらけらと笑った。

それは言葉のままの意味で、その後は旅行の話をしないまま中華街で昼食を食べ歩いて帰った。

ユイとはひとまず後でと仕切り直したわけだったが、中華街のメインストリートで屋台の点心を食べ歩いてる内に、俺たちはいつも通りに楽しく過ごしてしまっていた。

その後の中華街をぶらついていた時、帰り道の電車の中、帰り道、晩御飯の後。

俺は何回もその話を切り出そうとはしたが、またお互いに答えが出せない沈黙になるのが目に見えていたので、その話題を出せないまま今に至ってしまっていた。

恐らくはユイも俺と同じような感じで、向こうからもその話を振って来ることもなかった。

そんな状況を理解してくれた慶が肩を竦めて短い溜息を吐き出す。

「で、いつまで避けてんだ、その話題」

「いつまでって……」

慶のド直球な正論に、ぐうの音も出せずに顔を逸らす。

このまま時間が経てば経つほど話題に出しづらくなるし、旅行自体の申し込みのタイムリミットだってあるのは俺にも分かってはいる。

　そもそも俺の意志だけで言うなら、確認するまでもなく『行きたい』だ。

　でも一晩考えてみても、恋人でもない今のユイを旅行に誘えるだけの理由が俺には見つけられなかった。

「俺の気持ちだけの問題なら簡単なんだけどな……」

　何とかその一言だけを絞り出して窓の外に目を向ける。

　外は夏らしい快晴で、高く積みあがった雲がゆっくりと佇んでいた。

　その陽の光で、左手首に着けているユイとお揃いのチェーンブレスレットが一瞬だけ煌めく。

　花火大会の夜、俺はユイのことが好きだと気付いた。

　もっと一緒にいたいし、もっとユイのことを知りたい。

　色々なところに行ってユイの喜ぶ笑顔が見たいし、もちろん旅行にだって一緒に行きたい。

（……でも好きだと自覚したからって、その好意をユイに押し付けたくはないよな）

　俺が好きになったのは、今のありのままのユイだから。

　だからこそ俺の好意でユイを振り回したら、それは俺がユイらしさを奪ってしまうことになるし、ユイも俺のことを特別だと言ってくれる信頼関係を崩した上に、ユイの居場所まで壊してしまうかもしれない。

（自分でも面倒な性格をしてるとは思うけど……）

でもこれが一晩かけて整理した素直な俺の気持ちだった。

「ま、何よりも相手第一なとこは夏臣らしさだとは思うんだけどな」

慶が両手を後ろ頭に回しながら、軽い調子で笑いつつ俺に視線を向ける。

「でもヴィリアーズ嬢だって特別な相手だからこそ、ちゃんと話してもらいたいってこともあるんじゃないのか？」

けらけらと懐っこく笑いながら、相変わらず鋭いことを言われて怯んでしまう。

もちろん俺とユイの関係は最初の頃よりも大分近づいている。

前みたいな遠い距離だったら、黙って察してあげるお節介も必要だと思う。

でも確かに慶の言う通り、今ならどんなことでもちゃんと話し合って、その上で一緒に考えられる信頼関係がある。

例えばユイが俺と同じように一人で悩んでいたとしたら……どうして話してくれなかった、って思うよな。

「やっぱり良い奴だなぁ、慶は」

さっきのド直球な正論と同じく、ぐうの音も出ない。

相変わらず要所要所で良い忠告をくれる友人を持ったことに感謝する。

「ユイともう一回、ちゃんと話してみるよ」

「ああ、それが良い」

慶が持ち上げたこぶしに軽くこぶしを当てて応えると、二人で頷き合って小さく笑い声をこぼし合う。

飄々とした慶の懐っこい笑みが心地好くて、本当にありがたい友人だなと改めて思う。

「しっかし夏臣と恋バナする日が来るとはなぁ」

「それに関しては俺の方が驚いてるけどな」

溜息交じりに首を竦めて見せると、慶が愉快そうにけらけらと笑う。

気持ちが吹っ切れたお陰で、さっきよりも高く澄んで見える窓の外に目を細めて、深く吸った息をゆっくりと吐き出した。

◆　◆　◆

「じゃあ今度こそ好きなんだ、片桐のこと」

「……はい。その……そういうこと、です……」

人気がなく静かな校舎裏、そこにある非常扉の前の数段の階段。

お気に入りの場所で昼休みを過ごしてる湊さんに、私は夏臣との花火大会でのデートの話をしに来ていた。

湊さんは友人として夏臣とのデートの相談も聞いてくれたし、レンタル浴衣のことを教えて

もらったりもしたので、ちゃんと自分の口から話さなくちゃと思って訪ねたけれども。

　でも恋愛事情に疎い私は何から話していいのか分からず、結局は自分の気持ちも含めて詳細に話をするしかなく、ものすごく熱くなった顔を俯かせながら湊さんの確認に頷いて答えた。

「自分の気持ちに自信持てて良かったじゃん。ちょっと前は好きだとも言えなかったわけだし」

「自信を持てたとか、その……そういう感じではないのですけど……でも気付いてしまったと言いますか、あの時も実はもうすでに好きだったような気がすると言いますか……」

　お気に入りのチョココロネをかじりながら楽しそうに覗き込む湊さんの視線から、あたふたと言い訳染みた説明をしながら俯けた顔を逸らす。

　少し前にここで湊さんと話した時は、本当にまだ自分の気持ちに自信なんて持てなかった。

　夏臣に甘えさせてもらってるだけの自分を『好き』なんて言葉で肯定出来なかったから。

　もちろん私にとって夏臣はただの友達なんて言葉じゃ足りないくらいに特別な人だ。

　何も出来ない私を、見返りも求めずに隣で支え続けてくれる優しい人。

　そんな夏臣に何も返せてないくせに、この気持ちを都合良く『恋』なんて呼びたくないし、呼ぶことなんて出来ない。

（……って、湊さんに言ったのに）

　もう私はすでに恋に落ちてしまっていた。

　打ち上がる花火の下、自分の中にある気持ちに気付いてしまった。

いくら甘えっぱなしでも、何も返せてないとしても。

他にどんな言い訳を並べても、私は女として夏臣のことが好きになってしまっていた。

だからもう逆に、この気持ちを認めないわけにはいかない。

「……はい。私は夏臣のことが好きです……とても……」

溢れてしまう笑みを隠せずにそう呟くと、隣の湊さんが顔を赤くして顔を逸らした。

それから隣に置いていたパック牛乳をずずずっと吸いながら、急に暑そうにシャツの胸元をぱたぱたとはためかせる。

「い、良いんじゃない？　そうやって素直な方が可愛いと思うし……」

湊さんが深呼吸をして「んんっ」と喉を鳴らすと、まだ赤いままの顔を私の方に向ける。

「じゃあユイはその旅行、行くの？」

普段は勝ち気で凛とした瞳に、今は年相応の野次馬心を忍ばせながら、窺うような視線で私を覗き込んでくる。

「それは……その、まだ話せてなくて……」

その質問に答えられずに唇を小さく噛む。

このままうやむやで良いわけないと私だって分かってはいる。

でも答えに困っていた夏臣の顔を思い出すと、その後も口に出す勇気が持てなかった。

つい今しがたはっきりと口にした通り、私は夏臣のことが好きだ。

その気持ちは疑いようもなく間違いないし、もっと一緒の時間を過ごしたいし、もっとたくさん色々な場所でデートだってしたい。

だから、もちろんこの旅行だって行きたい。

でも今の関係じゃ夏臣を困らせるだけで、昨晩に色々と考えてみても夏臣を旅行に誘えるだけの言い訳が見つけられなかった。

「……私の気持ちだけじゃ、だめなことですから」

何とか笑顔を取り繕って、出来る限り明るい声でそう答える。

学校の敷地を区切るように植えられている樹々からの木漏れ日が、私の左手首に着けている夏臣とお揃いのチェーンブレスレットを照らして煌めかせた。

夏臣は優しい。

それこそ私の心をゆっくりと優しく、こんなにも解いてくれるくらいに。

だから私の好意なんかで夏臣を振り回して困らせたくない。

夏臣は私のことを特別だって言ってくれるから。

そんな信頼をしてくれる相手だから、その優しさに付け込むようなわがままは言ってはいけないと思うし、言いたくない。

(自分でも面倒な性格をしてるとは思うけど……)

それが私の素直な気持ちだから、湊さんに何とか口元に笑みを浮かべて見せる。

「らしくないんじゃないの」

「……え？」

隣から湊さんが私のことをじっと見つめて口を開く。

「ユイと片桐の関係はうちには分かんないけどさ。でもそんなつまんない作り笑いはあんたらしくないよ」

「湊さん……」

「決まってるんでしょ、自分の気持ちなんて」

彼女らしい遠慮のない真っ直ぐな言葉が鋭く胸に刺さった。

いや、真っ直ぐな言葉だからこそ、私の取り繕うような作り笑いに刺さって何も言い返せなくなってしまう。

「あんたが好きになった人はさ。たとえ自分のためだったとしても、本当の気持ちを隠されて喜ぶような人じゃないでしょ？」

湊さんが優しく目を細めながら首を傾げて見せた。

一見は不愛想なのに、湊さんの気遣いは繊細で優しい。

上辺の優しさじゃなく、ちゃんと私のことを考えてくれているその言葉に釣られて、私の口元にも自然と笑みが浮かんでしまう。

「そうですね、私が好きになった人はそんな人じゃないです」

小さく首を振ってはっきりとそう答えると、湊さんもやれやれと満足そうに頷いてくれる。

「ごめんね、うち口が悪いから」

「いいえ。私にはもったいないくらいの自慢の友達です」

湊さんが照れ臭そうに残りのチョココロネを口に放り込むと、続けて購買の紙袋からアップルパイを取り出してかぶりついた。

ひとつ下なのに大人で尊敬できる友人。

私が頼りないだけかも知れないけど、夏臣も湊さんも本当に優しくて好きだなあと改めて思わされてしまう。

「夏臣とちゃんと話してみます。後悔しないように」

湊さんに以前に教えてもらったことを口にして頷くと、湊さんが柔らかく微笑み返して頷いてくれる。

「ユイはそうやって素直に笑ってる方がいいよ。絶対に」

「前に夏臣もそう言ってくれました」

「はいはい、お惚気ごちそうさま」

少しだけ自慢げにそう答えると、湊さんがくつくつと肩を震わせて笑った。

それに釣られて私からも笑い声がこぼれて、夏らしい明るい木漏れ日の下、誰もいない校舎裏で声を出して笑い合った。

◆　◆　◆

そしてその日の晩御飯時。

「夏臣、入るよー？」

開いてるぞと答えるよりも先に玄関が開く音がして、ユイが靴を脱いで揃える音が聞こえる。

今日は先に家で着替えてから来たようで、私服姿のユイがくんくんと鼻を鳴らしながら誘われるようにキッチンへと入って来た。

俺の手元を覗き込むと、トマトソースが煮詰まった香りをひとしきり味わってから嬉しそうににっこりと笑顔を咲かせる。

「良い匂い。今日はボロネーゼ？」

「ああ、トマトが旬で美味そうだったからな」

「やった、楽しみー」

ユイが満足げに大きく頷いて即興の『ボロネーゼのうた』を口ずさみながら、さっそくパスタ用の大皿と二人分の取り皿を用意してくれる。

それにフォークをふたつと、ユイはパスタを食べる時にスプーンも使うのでそれもひとつ。

もう勝手知ったる我が家のキッチンで、淀みなく手慣れた準備をユイが進めていく。

「あ、悪い。忘れてた」

俺の呟きにユイが振り返って首を傾げる。

「おかえり、ユイ」

ユイが一瞬呆気に取られたように大きな瞳をぱちぱちと瞬かせると、すぐに表情を綻ばせて愛らしく頷いた。

「ただいま、夏臣」

少しだけ甘えるような声で、微かに頬を赤くしながら微笑んでくれる。

（やっぱりユイは可愛いよなぁ……）

この素直さが本当に可愛らしくて堪らない。

黙ってれば凛としたクール美人なのに実はころころと素直に表情が変わるし、何よりこういう無防備な笑顔が本当に可愛い。

溶けてしまいそうな可愛さで顔が緩んでしまうのを天井を仰いで何とかごまかす。

ユイはそんな俺に気付かないまま、キッチン下のパスタケースから二人分のパスタを量って用意してくれている。

（……旅行のこと、話すなら早い方が良いよな）

手元のボロネーゼソースをヘラでいじりながら、昼間に慶と話したことを思い浮かべる。

きっとユイだって気にしてるだろうし、やっぱりここは男の俺がしっかりしないと。

そう思って意を決すると、隣のユイに向かって口を開く。

「「……あのさ」」

二人分の声が重なって、再び「「えっ」」と完璧にハモって顔を見合わせる。

「ど、どうした？　ユイの方からどうぞ？」

「う、ううん、夏臣の方から……！」

見事に出鼻を挫かれてしまい、言葉に詰まりながらお互いに慌ただしく譲り合う。

俺もユイも顔を逸らしながら次の言葉を探す間に、トマトソースがぐつぐつと煮える音だけが響いていた。

隣から小さく息を吸う音が聞こえて、ユイが小さな両手を胸の前できゅっと握る。

「……あのね。旅行の話なんだけど、少し話してもいいかな」

昨日みたいな窺うような視線じゃなく、しっかりと意志を持った瞳でユイがそう口にした。

迷いのないはっきりとした言葉で、青い瞳がまっすぐに俺を見上げている。

「なんだ、ユイも同じこと考えてたのか」

「同じことって……夏臣も？」

微かに丸くなった青い瞳に頷いて応える。

ユイが俺と同じことを考えて、それを同じタイミングで話そうとしてくれていたことが嬉しくて思わず頬が緩んでしまう。

嬉しい半分、照れ半分の笑顔を浮かべつつ、俺も手を止めてユイを真っ直ぐに見つめ返して答えた。

「俺はユイと一緒に行きたい。色々考えないといけないことはあると思うけど……でもまずは俺の素直な気持ちをちゃんと伝えたくて」

「夏臣……」

微かに開いたユイの唇から俺の名前がこぼれた。

それから丸くなっていた瞳がゆっくりと細まって、くすりと優しい小さな笑い声がくすぶる。

「私も、夏臣と一緒に旅行に行きたい。話さないといけないことは色々あるとは思うけど……でも、私もまずは素直な気持ちをちゃんと伝えたいって思って」

ユイも喜んでるような、照れてるような笑顔をはにかませながら、にへらっと力の抜けた自然な微笑みを俺に返してくれる。

(……俺もユイと同じような笑い方が出来てたらいいな)

不愛想には定評のある自分だけども、今はちゃんとユイに自分の気持ちが伝わってるといいなと思いながら俺もユイに頷いて答えた。

「ごめんな。ユイの方から言わせて」

「私も変に難しく考え過ぎてたし。どっちからとかないよ、こんなこと」

二人ともが同じような照れ笑いを浮かべながら、お互い肩の力が抜けたようにいつもの空気に戻る。

まだ現実的に話さないといけないことはたくさんあるけど。

でもこうやってちゃんと向き合えたからこそ、同じ方向を見て話が出来ることが嬉しい。

（……本当に俺はまだまだ子供だな）

そう思いながらも、背中を押してくれた友人に改めて心の中で感謝する。

「したら、ひとまずは先に晩飯にするか」

「そうだね。今日もご馳走になります」

ユイが俺に向かってお祈りのポーズで手を組んで頭を下げる。

「無宗派のくせに」

「夏臣教なら信じてるよ」

そんな冗談を言い合いながらもう一度ユイと小さく笑い合う。

話をしてる間に良い具合に煮詰まったボロネーゼの香ばしい香りを感じながら、二人分のパスタを沸騰した鍋の中に広げて茹で始めたのだった。

晩御飯も食べ終わってユイが自分の部屋へと帰った後。

俺は一人でやや緊張しながらベッドの上でスマホをじっと見つめていた。

ヴヴヴと震えたスマホに指先を滑らせて電話を耳に当てる。

「メッセージ見たけど、私に話したいことって何？」

やや低めの良く通る声が電話の向こうから聞こえた。

久しぶりに聞くその声に少し緊張しながらも、伝えるべきことを伝えようと口を開く。

「突然すみません。どうしてもソフィアさんに直接伝えたいことがありまして」

「別にいいわよ。ちょうど撮影の合間だったしね」

着信の相手はソフィア・クララ・ヴィリアーズ。

イギリス在住でモデルをしているユイの姉で、ユイと同じくクリスチャンネームを持つヴィリアーズ家の長女。二十二歳。

少し前にユイの様子を見に日本に来た時に会って以来、俺のことを信用して姉としてユイのことを任せてくれている。

だからこそ旅行のことは先にちゃんと話しておくべきだと思い、スマホでメッセージを打って折り返しを待っていた。

ちなみにユイにこの話をしたら露骨に嫌な顔で『別にソフィーには言わないでいいよ。子供じゃないんだから』とムクれていたけども、俺の立場からはそういうわけにもいかない。

「それで、用件は何なの？　回りくどい言い方は嫌いだから、言いたいことがあるならストレートに言って」

「ユイと旅行に行くことになったので、その報告です」

「………えっ？」

俺がなるべく端的にそう伝えると、今まで聞いたことのない間抜けな声が返って来た。

「旅行って、日帰りってこと？」

「泊まりです。一泊二日で」

「えっと……ごめん、ちょっと待ってね」

ソフィアがそう言い残すと電話越しに沈黙が流れる。

そのまましばらく待っていると、「んんっ」と喉を鳴らして仕切り直す声が聞こえた。

「それ、詳しく聞かせてくれる？　ビデオ通話で」

「分かりました」

そう答えるとすぐに海を越えたイギリスからビデオ通話の着信が届く。

俺のスマホ画面に緩くウェーブのかかった美しい金髪と整った顔立ちのソフィアが映って、明らかに訝し気に顔をしかめていた。

（まぁ簡潔に説明すればこんな顔にもなるよな……）

そう思いつつも納得してもらえるように今回の経緯を説明する。

「なるほどね。花火大会でデートなんてあの子、私には黙ってたけど……ま、それは今はいいわ。浴衣姿のユイの写真はあるのよね？　それは後でちゃんと送ってもらうとして」

明らかに不満げな表情のまま、短い溜息を吐き出して俺の方へと視線を向け直す。

「いいんじゃない。気をつけて行ってらっしゃい」

「えっと……いいんですか？」

「本人たちの意志が決まってるなら、そんなの私が口挟むことじゃないでしょ」

あまりにあっさりとＯＫが出て逆に戸惑ってしまう。

もちろんソフィアはちゃんと話せば分かってくれると思ってたけど、まさかこんなに簡単に肯定されるとは思ってなかったので、身構えていた分の肩透かしを食らってしまった。

「ただし、ひとつだけちゃんと答えなさい」

ソフィアが画面越しに人差し指を立てて、ゆっくりと落ち着いた声で俺に問いかける。

「ナオミに、ちゃんと覚悟はあるの？」

それは前にソフィアが日本に来た時にも聞かれたことだった。

ユイとこれだけ近くにいることに対しての覚悟。

ふざけてるようでも、からかうわけでもなく、ソフィアが真剣な眼差しで俺を見つめる。

あの時は分からなかったけど、今ならソフィアが言う意味が分かる。

前に聞かれた時はまだ『友人としてユイの手を離さない』と答えたこと。

恋愛感情とかそんな意味は分からなくても、ユイを独りにしないという覚悟だった。

（でも今は……）

左手首のブレスレットにそっと右手を添えて、画面越しのソフィアをまっすぐに見て答える。

「好きです。友達としてではなく、異性として」

ソフィアがユイと同じ青い瞳をぱちくりと瞬かせる。

それから肩を小さく震わせて、遠慮することなく「あははっ」と大きな笑い声を上げた。

「へぇ。まだまだ子供だと思ってたけど、ちょっとはカッコ良くなったじゃない」

「別にカッコ良くなったとは思わないですけど……」

「胸を張って自分の気持ちを口に出来るのはとても素敵なことよ。それが他人への好意ならなおさらね」

俺の答えを聞いたソフィアが笑いながら満足げに大きく頷いた。

胸を張るのはまだ少し気恥ずかしいけども、ソフィアが自信満々にそう言ってくれるだけで少しは自信が持てるような気がしてくる。

「それならなおさらもう何も言う事は無いわ。でも……」

一呼吸を置くと、自分の胸元に掛かっているネックレスのチェーンを引き上げて画面に映す。

敬虔なクリスチャンの証であるロザリオが画面の向こうで光を弾いて煌めいた。

「ナオミもユイもまだ子供なんだから、早まったことはしないようにね？」

迫力満点の笑顔でソフィアがロザリオをぶらぶらと揺らして見せた。

基本的にキリスト教では処女性がめちゃくちゃ重んじられている。

なので以前は潔癖とも言える純潔性を俺たちにも求められているのかと勘違いしたが、今ならそれで何が言いたいかのかちゃんと伝わった。

「自分がまだ子供なのは分かってるつもりですし、神に誓ってそういう目的じゃないですから大丈夫です」

「別にナオミは心配してないけどね。危ないのはユイの方だし」

「……は?」

思わず俺が間抜けな返事を口から漏らすと、ソフィアは眉間にしわを寄せながら難しい顔をして唸っていた。

ソフィアが言っている意味が分からずに、俺も同じように眉間にしわを寄せて首を傾げる。

「あの子、素直過ぎて思い込むと一直線なところあるから。だからこそナオミにしっかりしてもらわないとってこと」

「一直線って……それ、どういう」

「あ、ごめんなさい、私もう次の撮影が始まるから。とりあえずそういうことで節度を守って楽しんで来てね、Bye♪」

「ちょ、ソフィアさ——」

ソフィアが流暢な発音で別れの言葉を残すと、映像と音声が途切れる。

未だに言われたことが呑み込めずにスマホのホーム画面を見つめて眉をひそめた。

「俺がしっかりしろって……」

……確かにユイは素直だと思う。

俺のお節介を快く受けてくれて、いつも俺の言葉を真正面から受け入れてくれる。

晩御飯の度に美味しい美味しいと言って笑顔を見せてくれるし、花火大会に誘ったら俺を喜ばせるためにわざわざ浴衣をレンタルして来てくれたりもした。

（でもその素直さと一直線っていうのは何か違うような……）

ソフィアの言ってることがいまいち繫がらずに首を傾げる。

まぁとりあえず俺がしっかりしてれば何も問題はないってことだろうか。

ひとまずそう理解して納得すると、ソフィアに許可がもらえたことをユイにメッセージで報告する。

するとすぐに何とも言えない表情でこっちを見ているブサイクな猫のスタンプが送られて来た。

ユイの不本意さが実に伝わって来るけども、これで連絡をするべき相手に連絡をしたので、気兼ねすることなく旅行のことを考えられる。

その事に純粋にこれ以上ないくらいに楽しみで胸を躍らせながら、スマホで修善寺の観光情報などをひとつずつ調べていったのだった。

2章 ラヴとライク

I spoiled
"quderella" next door
and I'm going to give her
a key to my house.

「何で同じ意味なのにいくつも単語があるの……全部統一してよも〜……」

放課後。最寄り駅の近くにあるファミリーレストランのボックス席で、湊(みなと)さんが頭を抱えながら彼女らしくない淀(よど)んだ溜息(ためいき)を吐き出していた。

普段は余裕のあるカッコいい佇(たたず)まいの湊さんがだらしなくテーブルに突っ伏したまま、目の前に広がっている英語の教科書と問題集を面倒くさそうにそっと閉じる。

「ここで頑張らないと、夏休みが補習で埋まっちゃうんですよね？」

「それは分かってるんだけどさぁ……」

湊さんが不満げに唇を尖(とが)らせながら、ドリンクバーから持って来たアイスコーヒーをちびちびと傾ける。

珍しく駄々をこねている湊さんが可愛(かわい)くてつい許してしまいそうになるけども、今は頼られてる先生として甘やかすわけにはいかない。

敢(あ)えて心を鬼にして背筋をしゃんと伸ばす。

「夏休みに鈴森(すずもり)さんと一緒に働ける時間が減っちゃいますよ？」

「それは……良くない、けど……」

気まずそうに頰を赤くしながら、仕方なく身体を起こした湊さんがもう一度問題集をぱらぱらとめくってシャープペンを手に取る。

(恋に健気な湊さん、すっごく可愛いなぁ……)

好きな人のために苦手な勉強を頑張っている湊さんが可愛らしくて、思わずにやにやと緩んでしまう口元をティーカップで隠しながらその姿を見守る。

「私も友達として出来る限り協力しますから。一緒に頑張りましょう」

「ほんとに助かるよ、ありがと」

参ったように眉を下げながらも、湊さんがちゃんと投げ出さずにペンを進ませていく。

こんな感じで私と湊さんは放課後の勉強会の真っ最中だった。

というのも、発端は昨日の夜に遡る。

◇　◇　◇

「ん～アジってこんなに美味しかったんだね。ほんと夏臣のごはんはいつも美味しいなぁ」

昨晩もいつものように私は夏臣の部屋で晩御飯に舌鼓を打っていた。

旬の魚であるアジが安売りをしていたので今日の食卓はアジづくし。

アジのお刺身はもちろん、フライにムニエル、豪勢にたたきまで並んでいる。

そして余ったアラはお味噌汁という余すことないアジのフルコース。

夏臣が作ってくれた薬味たっぷりのたたきを頬張ると、さっぱりした味わいの中でアジの脂と旨味が広がってごはんが進んでしまう。

イギリスで生魚を食べる機会はなかったので、十七歳にして初めてお刺身の美味しさに感激していると夏臣が思い出したように呟いた。

「そう言えば慶から聞いたんだけどさ。藍沢、期末テストが赤点まみれで追試らしいぞ」

「赤点まみれって……湊さん、そんなに勉強不得意なんだ」

「藍沢が勉強好きには見えないしな」

夏臣が苦笑いを浮かべながら特製のタルタルソースをふんだんに載せたアジフライを口に運ぶ。

ちなみに私と夏臣の期末テストの結果は、学年順位で言うと夏臣が九位で私が七位。

夏臣が特待生、私は交換留学生という肩書があるので、お互いにある程度の成績維持が求められる。

なのでこれは二人とも普段から真面目に授業に取り組んでいる成果だなと思う。

東聖学院は県内でもそれなりの進学校のため、求められる学力の水準は己ずと高くなる。

湊さんはサックスプレイヤーになるという目標がハッキリしてるし、本来であればもっと時間を自由に使える学校に行く選択肢もあったはず。

それでも好きな人と同じ高校に入りたくて頑張ったということを私は聞いているので、複雑な気持ちを胸の中でくすぶらせながら薬味たっぷりのアジのお刺身を頬張った。

うーん、言葉にならないほど美味(おい)しい。

あまりの美味(おい)しさに気を取られていると、ポケットの中のスマホがヴヴヴとメッセージを受信して震えた。

差出人を見ると『藍沢　湊』。

タイムリーな差出人に驚きつつメッセージを開く。

『あのさ、勉強教えてくんないかな』

まさにタイムリーな話題に驚いていると、すぐに続きのメッセージが送られて来る。

『このままだと夏休みが補習で埋まっちゃって、バイトも入れなくなっちゃうから』

『うちが頼れるの、ユイくらいしかいなくて。お願い』

そのメッセージを見て私の中の使命感がぐわっと燃え上がる。

友達が私のことを頼ってくれた！

友達のために私なんかが役に立てる！

『任せて下さい！　私が力になります！』

湊さんのお願いに即答でメッセージを打つと、テーブル向こうの夏臣が不思議そうに首を傾(かし)

げながらアジの味噌汁をすすっていた。

◇　◇　◇

そして翌日。湊さんの勉強会を開催するべく、放課後に待ち合わせてファミリーレストランへと来て今に至っていた。

私にとっては初めての『友達と放課後のファミレス勉強会』。

少し憧れがあったその響きに浮付いてしまいそうな自分を、今は湊さんの力になるためにぐっと自制心を働かせて湊さんのさっきの質問に答える。

「確かに意味が同じ単語はありますけど、使い方やニュアンスが違うんですよ」

例えば『大きい』という言葉でも、『big』、『large』があって、類義語まで広げると『huge』、『great』という言葉も同じ意味になる。

一般的な使い分けとしては、『big』は自分の感覚で見た主観的な大きさで、『large』は一般的な感覚で見た客観的な大きさを表すことが多い。

さらに他にも大きさを表現する言葉はあるし、同じ物でも別の呼び方があったりする。

「でもそれは自分の言葉や気持ちを正しく伝えるために、色々な言葉が必要なんです。それは日本語でも同じじゃないですか？」

「正しく伝えるために……」

湊さんが頬に手を当てて考え込んだ後、険しい表情からふっと力が抜けて肩を竦める。

「そうだね。それならしょうがないか」

「はい、仕方ないことです」

私の言葉に納得して、困ったような微笑みで小さな溜息を吐き出した。

それから「よしっ」と両頬をぱちぱちと叩いて湊さんが問題集に向かい直す。

（……やっぱり湊さんは素直な人だな）

この間のライブで出演するミュージシャンと揉めてしまったり、湊さんは自分の芯が強い分、融通が利かせられない部分もあるんだと思う。

でもだからこそこうやって素直に認められる強さも持っていて、夏臣や私のこともしっかりと認めてくれた。

私はそんな湊さんが好きだなと改めて思いながら、暖かな気持ちで問題集に頭を悩ませる湊さんを見つめる。

「ごめん、ユイ。ここ教えて」

「はい、ここはですね……」

湊さんの隣に移動して、教科書を覗き込みながらひとつひとつ勉強を手伝っていった。

「もう六時なんですね。ちょっと休憩しましょうか」

スマホの時計を確認してそう提案すると、魂が抜けたように湊さんの身体が席の背もたれにずるずると沈み込んでいく。

「湊さん、大丈夫ですか？」

「うん、大丈夫……思ったよりユイって厳しいんだね、はは……」

持ち上げた右手を力なくぶらぶらさせながら限界ぎりぎりの返事。

言葉や態度のキツい教え方ではないけども、にこにこ笑顔で妥協を許さない方針に湊さんが空笑いを漏らしていた。

いくら友達のためとは言え、ちょっと厳しくやり過ぎてしまったかもしれない。

（ううん、でも私を頼ってくれた湊さんのためだから仕方ないの、ごめんね……！）

思わず甘やかしてしまいそうになる心をビッと引き締めて、改めて両手をぐっと握って気合を入れ直す。

それを見ていた湊さんが苦笑いを引きつらせながら、冷め切ったコーヒーを口に付けて乾いた笑いを滲(にじ)ませた。

「ユイはすごいね。うちと年変わらないのにバイリンガルなんて」

「すごくなんかないですよ。私は覚えるしかなかっただけですから」

一緒に暮らしていたお母さんが亡くなって父のいるイギリスへと引き取られた時、向こうで暮らすために必死に英語を勉強しただけのことだ。

みんなとコミュニケーションを取るために頑張ったけど、でもあまり役には立てられなかったことを思って苦笑いで紅茶を傾ける。

「……ごめん。うち、すごい無神経なこと言ったね」

湊さんには私が日本に来た経緯を簡単には説明してあるので、湊さんが一瞬はっとしてから申し訳なさそうに肩を丸めた。

「大丈夫ですよ。もう過ぎたことですから」

そう、もう今では前のことだと本当に思える。

四ヵ月前まで暮らしていたイギリスでの生活も、居場所のなかった思い出も、感情を止めていた日常も、今はもう遠い昔のことのように思えていた。

あんなにも過去に囚われてしまっていた自分が、今は否定することも拒絶することもなく穏やかに笑っていられる。

左手首のブレスレットに右手を添えると、そこに感じるぬくもりに頬が優しく緩んでしまう。

「それに今はそのお陰で大事な友達の力になれるんですから。むしろあの時に頑張って良かったなって思います」

「ユイ……」

確かにつらいことも苦しいこともあったけど、でも今はそれも優しい気持ちで受け入れられる。

本当に夏臣のお陰。

そう思うだけで胸の奥が暖かくなって、作り笑いじゃない自然な笑みが自分の口元に浮かぶのが分かる。

それを見た湊さんも、自分の失言を申し訳なさそうにしながら笑顔を見せてくれる。

「人を好きになるってすごいね。そんなに変われちゃうなんてさ」

「はい、そうですね。自分でも驚いてます」

夏臣本人に感謝を伝えても、『変わろうとしたのはユイ自身だろ』なんて言うだろうけども。

でも本当に夏臣には感謝をしてもし切れない。

こんなにも優しく前を向かせてもらえたら、そりゃあ好きになってしまうのも仕方ないと思いながら顔がにへらっと緩んでしまう。

そんな私を湊さんが頬杖(ほおづえ)を突きながら楽しそうに私を覗(のぞ)き込む。

「どうしたんですか?」

「恋する乙女って、こういう顔のこと言うんだなって」

「こういう顔って……」

すぐに自分の顔が緩み切っていることに気付いて、慌てて口元を引き締める。

そんな私を見ていた湊さんがくすくすと笑い声をこぼした。

「それも『like』と『love』の使い分けってことかな」

「日本の方が思うほど日常的に『love』は使わないですけどね」

熱くなったままの顔でそう返事をすると、湊さんが笑いながら空になったコーヒーカップを持ってドリンクバーへと席を立った。

その背中を見送りながら、もうぬるくなったアイスティーを傾けて身体を落ち着ける。

「……自分の気持ちを正しく伝えるために、か」

一人残されたボックス席で、さっき湊さんに伝えた言葉を確かめるように呟く。

『like』と『love』の違い。

映画や物語では『love』という表現が良く使われる。

けど、だからと言って『like』は決して軽い意味で使われるわけではなくて、告白の時や恋人同士でも十分に使われる言葉。

日本語で言えば『好き』と『愛してる』の使い分けと同じようなニュアンス。

私は日本語と英語、どちらの意味もちゃんと理解してるけど……。

「……『I'm in love with you.(私はあなたに恋をしています)』」

そう呟(つぶや)いただけで、にへらっと表情が崩れてしまう。

胸の奥が暖かくなって、身体(からだ)が甘苦しくぎゅっと締め付けられる。

さっき湊さんに見られてた時以上に崩れてしまっているにやけ顔を、テーブルの上に組んだ腕に突っ伏して周りから隠す。

(私、ダメだなぁ……)

自分の気持ちを確かめるだけでこんなにも浮かれてしまう。

緩みの止まらない顔を腕の中に隠していると、左手首のブレスレットが目の前に見えてまたにやけさせられてしまう。

もう自分が浮かれてしまうことを半分諦めていると、テーブルの上に置いてあったスマホがヴヴヴと震える。

「「わぁっ!?」」

ビクッと跳ねた私と湊さんの声が重なった。

湊さんがおかわりしてきたコーヒーをこぼしそうになりつつ、胸に手を当てて切れ長の目を真ん丸くして私を見ている。

「な、何……？　ど、どうしたの……？」

「あ、いえ……！　夏臣からの連絡でした……！」

　そう説明しながら慌ててスマホのメッセージアプリを開く。

『晩飯はどうするんだ？』

　それを見て「あっ」と開いた口元に手を添えた。

　今日は湊さんと勉強会をすることは伝えたものの、こんな時間になるとは思っていなかったので、晩御飯の連絡をし忘れていたことに今更ながら気付く。

「もうこんな時間だし、後は自分でやれるから大丈夫だよ」

「いえ、でもまだ他の科目がありますから……」

　夏臣からの連絡内容を察した湊さんがそう言ってくれるものの、現状はまだ英語以外の科目には手を付けられていない。

　湊さんの頑張りで英語は目処が付きそうだけども、それだけじゃまだ湊さんの夏休みに明るい展望は見えない。

　それに友達として頼ってもらったからには、私も出来るだけ力になりたいし……。

　あごに手を当てて考え込むと、ひとつの妙案が頭に浮かぶ。

「湊さん。帰る時間は遅くても大丈夫ですか？」

「え？　あ、うん。うちは別に大丈夫だけど……」

「分かりました。では提案があります」

不思議そうに首を傾げる湊さんに向けて、胸に手を当てながら大きく頷いてそう口にした。

◆　◆　◆

「夏臣、ただいまー」

玄関からいつもより少し元気なユイの声が聞こえて、それから二人分の足音が我が家のリビングへと入って来る。

「よ、いらっしゃい」

「……ども」

キッチンで寸胴鍋の中身をかき混ぜながら挨拶をすると、湊がやや気まずそうにしながら会釈を返してくれる。

ユイが目を閉じてくんくんと鼻を鳴らすと、にっこりと微笑みながら小さく頷く。

「良い匂い。今日はシチュー？」

「当たり。ビーフシチューだぞ」

「お肉、半額だった？」

「ああ。ユイのくれた情報通り半額だったから今日は肉大盛りだぞ」

「ん、やったね」

満足そうにユイが声を弾ませながら湊に座布団を出すと、手際良くいつもよりも一セット多い食器をテーブルの上に並べてくれる。

湊も何かを手伝おうとするが、ユイに「ゲストなんだから」と制止されて手持無沙汰にユイの様子を眺めていた。

「この後も勉強するんだろ。大した晩飯じゃないけど遠慮なく食べてってくれ」

そう声を掛けながら、カレー用の皿に盛ったビーフシチューを湊の前に置く。

我が家の食卓はあくまで一人暮らし用のローテーブルなので、普段ならユイと二人分でもやや窮屈だけども、今日はシチューとパンだけなので三人でちょうどくらいだった。

たまたま今日がシチューで良かったと思いつつ湊にスプーンを手渡す。

「口に合うなら遠慮せずにな」

「慶からもユイからも、大した腕前だって聞いてるけど」

「どうだかな。それは藍沢が食べてから決めてくれ」

過分な身内びいきに苦笑いで返しながら、ユイが並べてくれたコップに作り置いたお茶を注ぐとちょうどユイも食卓に着く。

「今日もありがとね、夏臣。いただきます」

ユイがスプーンを持って手を合わせると、まだ緊張で表情の硬い湊もスプーンでシチューをすくって口へと運ぶ。

味に集中するように視線を俯けながら小さな口を動かすと、湊の目がゆっくりと丸くなった。

「……え、美味し」

それから味を確かめるようにもう一口シチューを口に運んで、今度はしっかりと味わうように口を動かす。

今日のビーフシチューは小麦粉でコーティングした牛のスネ肉とほほ肉を焦げ目が付くまでしっかり焼いて、旨味を引き出したところを赤ワインと香味野菜で煮込んだ。

それから具材となる野菜から出た水分を使って、後はひたすら煮込んで馴染ませたので味もしっかり濃厚で栄養も抜群だ。

「だから言ったでしょ？　夏臣の作る御飯は美味しいって。んーおいしー♪」

ユイが得意げな笑みを浮かべつつ、シチューを口に含んでは頰を押さえて幸せそうな声を上げる。

ユイに誇らしく思ってもらうのは嬉しい半分、身内びいき過ぎて恥ずかしい半分だけど、相変わらずの忌憚なきドヤ顔が可愛い。

俺も千切ったパンをシチューに浸して口に放り込むと、手間をかけたなりに我ながら良い出来だった。

「これヤバいね。片桐めちゃくちゃ料理上手いじゃん」

「素人料理だけど藍沢の口に合ったなら良かったよ」

「これが口に合わない人の方が少ないでしょ」

相変わらずの素直じゃない褒め方が藍沢らしさだよなと思いながら、口に運ぶ度に美味しそうに頷いてくれる湊の横顔に口元を緩める。

「慶は去年ずっとこんな美味しいごはん食べてたんだ」

「お世辞にも美味しいとは言えない頃から、数え切れないくらいな」

俺がそう答えると、湊の表情が緩んで笑顔を覗かせてくれる。

(……やっぱり藍沢も慶のことならこんな笑い方もするんだな)

ようやく見れた湊の自然な笑顔で俺の方も肩の力が抜けるのが分かる。

「こんなの毎日食べてるとか、ユイは幸せ者だね」

「はい、知ってます。私が幸せ者過ぎる自覚はありますので」

湊の遠回しな誉め言葉に、ユイがドヤ可愛く笑顔で頷いて同意する。

(毎日こんなに幸せそうに俺の作ったものを食べてもらえる方が幸せなんだけどな)

そんなことを心の内で考えながら、美味しそうに食べてくれる二人を眺めて俺もシチューを口に運んだ。

「ごちそうさま。お世辞抜きで美味しかったよ」

湊が食後のコーヒーを傾けながら改めて感想を口にしてくれる。

「満足してもらえたなら何よりだ」

その満足気な表情を見て一安心しつつ、俺もユイが淹れてくれたコーヒーに口を付ける。

料理はこだわって作っているので、食べた人に満足してもらえるのはやっぱり嬉しい。

そしてユイは『今日の片付けは私がやるから！』と妙に張り切っていて、使い終わった食器を丁寧に洗ってくれている。

髪を後ろにくくって手馴れた手つきで洗い物をしてるユイを眺めながら湊がぽつりと呟く。

「もう一緒に暮らしてるカノジョにしか見えないね」

その呟きにどんな顔をしていいか分からないままコーヒーを傾ける。

「……やっぱり『普通の友達』には見えないか？」

「『普通の友達』は毎晩一緒にごはん食べないし、浴衣まで着て花火大会にデートとか行かないし、二人で旅行なんて話に絶対ならないでしょ」

「それはまぁ……そうだな」

湊らしいド直球な呆れ顔に返す言葉もなく同意する。

もちろんこの関係はあくまで『俺とユイの普通』であって、一般的な価値観での『普通』には当てはまらないことは自覚している。

自分の好意を自覚する以前から、俺だってユイ以外とこんな『普通』はあり得ない。

当然今でもそれはそれで良いと思ってるので、湊から普通ではないと言われてもまぁそうだろうなとしか答えられない。

「ま、いんじゃないの。だってもうユイはあんたにとって『特別』なんでしょ」

「藍沢……」

湊が口にしたシンプルな答えがすとんと腑に落ちる。

確かに湊の言う通り、俺にとってのユイは特別だ。

特別だからこそ好きになったんだと思うし、俺にとっての特別ならなおさら他人の基準なんて関係ない。

単純過ぎる湊の答えに、細かいことを気にしていた自分が可笑しくて思わず笑い声が漏れてしまう。

「ユイはうちの大事な友達なんだから、片桐がしっかりしてよ」

「ご忠告、ありがたくいただくよ」

湊も俺と同じように笑いながら、すっかり力の抜けた肩を竦めて見せる。

やっぱり湊と慶は幼馴染だからか、似た者同士の飄々とした世話焼きなんだなと改めて思う。

「あと泊まりOKしたからって、変な勘違いしないようにね」

「そんなこと考えてないから大丈夫だ」

「男のクセに？」

「男のクセに、だ」

「それでこそ片桐らしいけど」

湊が可笑しそうに声を出して笑っていると、洗い物を終えたユイが俺たちを見て不思議そうに首を傾げる。

「何の話をしてるんですか？」

「片桐はブレないねって話」

「夏臣さんが？　ん？」

きょとんとしながら俺と湊を見比べて、ユイが青い瞳をぱちぱちと瞬かせた。

俺もユイに食後のコーヒーを淹れてあげようと、入れ替わりでキッチンに向かってその追及から逃れる。

「じゃあ勉強の続きは私の部屋でやりましょう。私も出来る限り力になりますので」

「その、親身になってくれるのはありがたいんだけど……お手柔らかにお願いね？」

前のめりなユイに反して、やや引いた感じで湊が苦笑いを浮かべる。

その引きつった苦笑を見て、ユイは責任感の強さと友達に頼ってもらった使命感で、きっと容赦なく一生懸命に付きっ切りなんだろうなあと湊の苦労を察した。

　でもその愚直なまでの真っ直ぐさがユイの良いところなので、俺に取っては可愛らしいところなんだけども。

「後で差し入れでも持ってくから頑張れよ」

「ほんと？　朝までかかるだろうし嬉しいな。ありがと、夏臣」

「えっ？　今から朝まで？　ユイ、それ本気で？　えっ？」

　予想外の言葉に分かりやすく湊がうろたえた。

が、ユイがやる気に満ち溢れた笑顔で両手をぐっと握って見せる。

「はい、湊さんが追試をクリア出来るようになるまで、しっかりお付き合いしますからね。大事な友達のために」

「あ、そう……それは、その……ありがと、ね……」

やる気を漲らせているユイを見た湊が、『終わった……』と言わんばかりの空笑いを漏らして、背中を押されるがままにユイの部屋に連行されていく。

（あの様子ならお菓子とかよりも、夜食の方が良さそうだな……）

俺の方はそんなことを考えながら、冷蔵庫の中にある食材で何が作れるかを考え始めた。

　そして後日の昼休み。

「湊のやつ、追試が全部合格で補習なしになったらしいぞ。ヴィリアーズ嬢すげぇなあ」

慶が可笑しそうに笑いながら湊の結果を報告してくれた。

ちなみにユイは教室に見当たらないので、恐らく湊のところで直接吉報を聞いてるんだろう。

「二人とも相当頑張ってたみたいだし、努力が報われて良かったな」

「湊が勉強を頑張ったなんて、長い付き合いのオレでも初めて聞いたぞ」

けらけらといつもの軽い調子で慶が笑い声を上げる。

それから俺に顔を寄せて愉快そうな小声で囁いた。

「それでヴィリアーズ嬢の優しいスパルタがめちゃくちゃ堪えたらしくてな。普段からもうちょっと勉強を頑張ることにしたって」

「そりゃあ効果てきめんで何よりだな」

「まったくだ」

あの湊でもユイの素直さには敵わないんだなと笑っていると、スマホにユイからご機嫌なブサネコの動くスタンプが送られて来たのだった。

3章 相互視点とフレンチトースト

I spoiled
"quderella" next door
and I'm going to give her
a key to my house.

そして七月も末日になり、俺の通う東聖学院は終業式を迎えた。

式とは言っても特段に何もなく、先生たちからお決まりの期末の締めくくりの言葉と夏休みの心構えを聞かされる程度のことで、その後は教室で今期の成績表が返却されて解散になる。

そして俺の従姉でありうちの担任でもある片桐香澄(かたぎりかすみ)が、成績表を配り終えてから追加でさらにプリントを回して教壇に立った。

前席の慶(けい)からプリントを受け取ると、そこには大きく『進路調査』と書かれている。

「えーみんなも高校二年生の夏ってことで、結構ガチめの進路調査になります。夏休み明けに回収するから真面目に考えて出してねー」

香澄が年齢にしてはやや幼めの間延びした声を教室内に向けると、教室内のクラスメイトたちが鞄(かばん)の中へと早々に進路調査のプリントをしまいこむ。

東聖学院の進路調査は一年生の時にも一次調査があるため、基本的に大概の生徒たちはそこで大まかに進路を決めているので今さら慌てることもない。

かくいう俺も去年に一次調査は提出してあるわけだが、現役教師である従姉にアドバイスを求めたところ――

『特にすぐやりたい仕事とかあるわけじゃないなら、それを探すためにも大学行った方がいいと思うよ～。何だかんだ大卒の方が今でも就職も有利なこと多いし、なっちゃんの成績なら受験勉強しなくても推薦で色んなとこ狙えるしね。それに大学生活のモラトリアムは誰の目を窺わずに大手を振るって遊びまくれる人生で最っ高に超有意義な時間だし、そこでカノジョの五人や十人作っとかないと後々で想像を絶する苦労をすることになるし、それで良い会社に就職して私にお金持ちの男を紹介してくれれば万事良くない⁉　あたし天才か⁉　ねぇちょっとなっちゃん聞いてる⁉　約束だよ⁉　これは絶対の約束だからね‼』

――というアドバイス（愚痴と願望）で小一時間ほど泣き付かれ続ける羽目になった。

特にやりたいこともまだ見つかってないのは事実なので、多少は香澄の意見を参考にしてとりあえず『進学希望』とだけ書いて提出した。

そして今も教壇から『ちゃんと覚えてるよね？』と、にっこにこな笑顔のプレッシャーが送られてる気がするけども、ひとまず気付かないフリをして手元のプリントに視線を逸らす。

「じゃあそういうわけで、一学期終わり！　夏休みに調子乗ってカレシカノジョとか作らないようにね～！」

個人的な怨恨しか感じない香澄の声をきっかけに、教室内が慌ただしくなって帰宅準備が整った生徒から席を立ち始める。

一応、香澄は一人暮らしをするに当たっての俺の保護者みたいなものなので、旅行の件は『夏休みに友達と旅行に行って来る』とだけ伝えてはある。

家を空けるための端的な連絡だったので、恐らく慶と行くとでも思っているんだろうと思うけど。

先ほどの口上から分かる通り、まさかユイと旅行なんて知られたら信じられないほど面倒になるので、それ以上は説明しないことにしておいた。

そして俺はそんなことよりも、未だに頬杖を突いたまま進路調査のプリントに視線を落としたままでいる。

（……進路調査、ユイはなんて書くんだろうか）

去年にイギリスの高校にいた時にも書いていたのかもしれないが、そんな話は今まで聞いたことがなかったし、そもそもその時と今ではユイを取り巻く環境がまったくと言っていいほど大きく変わっている。

こっちでの生活の準備が十分に出来ないほど突然決まった留学だったとユイが言っていたし、その先のことまで考えてる余裕があったとは思えないけど……。

（……イギリスに帰る、とか）

ユイは交換留学生の制度を使っている以上、あくまで本籍はイギリスだ。

それならば卒業後はイギリスに帰るのが当たり前の流れ。

普通に考えるならそれが当然の選択肢で、進路調査票を持っている指先に思わず力が入ってしまう。

「………………」

無意識に左手首のブレスレットを右手で握り込む。

まだユイから何を聞いたわけでもない、ただの俺の想像の話。

なのに急にユイの存在が遠くなってしまうような気がして隣に視線を向けると、俺に気付いたユイがきょとんとしながら青い瞳をぱちくりとさせて首を傾げた。

（……あれ？）

何かもう少し思い悩んでるんじゃないかと思ったんだけども……。

全然いつも通りの可愛らしい仕草に拍子抜けしていると、懐っこい笑顔を浮かべたクラスメイトがユイの前の席に座って両手で頬杖を突いた。

「ねえねえユイちん。お願いがあるんけど、ちょっとだけいーかなぁ？」

独特に崩した言葉遣いで、クラスメイトの新城陽菜が困ったようにユイの机の上にだらーっと上半身をうつ伏せる。

「お願い……ですか？」

「うん、ユイちんにしか相談出来ないことなんよねぇ〜」

愛嬌のある垂れ目をめいっぱいに困らせながら、陽菜がわざとらしい溜息を深々と吐き出す。

陽菜はユイと仲の良いクラスメイトで、少し前の調理実習の時に慶と四人で同じ班だった時から俺ともたまに話をするようになった。

その時の料理の手際を見てから、俺のことを「片桐せんせー」と呼んでいる。

割と無遠慮に踏み込んで来るタイプだけども、独特の緩い空気感と愛嬌で許されてしまう、そんなクラスメイトだ。

陽菜の様子から席を外した方がいいかと察して『先に帰ってる』とスマホでユイにメッセージを送ると、ユイから『了解しましたぁッ‼』という超ハイテンションなブサネコのアニメーションスタンプが返って来る。

クーデレラなユイの表情とテンション感がまるで合ってないのが逆に可愛い。

挨拶も済ませたので鞄を持って席を立とうとすると、

「あ、片桐せんせーもちょっと待った」

と、俺も陽菜に呼び止められる。

「あんさ、実は片桐せんせーも一緒にお願いしたいんよね〜、取材」

陽菜が愛嬌のある懐っこい笑顔で左右の手のひらを合わせた。

「取材って……何のことだ？」

「まあまあ、今日はわたくしこちらの方から来た者でして～」

彼女なりに改まってるっぽい態度で、陽菜が鞄の中から取り出した冊子をユイの机の上に置く。

「これは……『知恵の樹』、ですか？」

冊子の表紙に書かれてるタイトルを読み上げたユイが首を傾げる。

その樹は聖書の中でエデンの園にあったとされる二本の樹のうちのひとつで、その実を食べると数々の知恵を得られるとされる樹の名称。

蛇にそそのかされたイヴが食べてしまったとされるリンゴの樹、と言えば世間一般に分かり易いかもしれない。

陽菜に勧められるままにユイがパラパラとめくる冊子を隣から覗き込むと、東聖学院のお知らせや活動などが記事として掲載されているようだった。

「ま、東聖学院のガッコーの広報誌ってーやつだね」

「うちに広報誌なんてあったのか」

「ま、フツーは知らないよね。うちも生徒会に入るまでこんなん知らなかったし～」

へらへらと笑いながら陽菜が自分の顔の前で手を振る。

「じゃあ取材ってのはこれのことなのか」

「イエス。この冊子の中に生徒会が担当してるページがあるんさ。えーっとどの辺だっけな。

あ、この辺か？　あれ、違うな」

陽菜があっちこっちページを行ったり来たりしながら、明らかにうろ覚えな感じでようやく目当てのページを俺たちに開いて見せる。

そこには生徒会メンバーの写真が掲載されていて、その中には見慣れた懐っこい笑顔のクラスメイトがダブルピースを構えて写っていた。

「これって……新城か？」

「そそ。うち、これでもいちおー広報だからね。ブイ」

横にしたVサインの隙間から、愛らしい垂れ目を覗かせてウィンクする。

今まで生徒会なんて関わったことはなかったけど、何となく真面目で堅そうってイメージがあったので、こんなノリの生徒会員もいるのかと少し驚いてしまう。

「まぁそんなカンジで、このページ埋めるネタが必要でさぁ」

「それで私たちに取材、ということでしょうか」

「お、ユイちん、さっすがー。話が早いねぇマイフレンド」

ぴっと両手の人差し指をユイに向けて陽菜が頷く。

「俺とユイに取材ってことは、教会の関係者に取材をしたいってことか」

「片桐せんせーも話が早いなぁ。さすがはマイティーチャー」

さっきと同じように陽菜が両手の人差し指を俺に向けてにっこり微笑む。

「うちの学校って、けっこー寄付とか集めてんじゃん？　で、この広報誌ってそーゆー人たちへのポーズでもあるらしくてさー」

「それで生徒会とか学生の記事も掲載した方が喜ばれる、ってことか」

「おお、片桐せんせー大正解。陽菜ポイント十五点あげちゃお〜」

陽菜にぽんぽんと肩を叩かれて謎のポイントをもらう。

陽菜ポイントは良く分からないけども、とりあえずこれでようやく現状を理解して納得が出来た。

東聖学院は信仰自体は生徒たちの自主性に任せているとは言え、一応歴史のあるミッションスクール。

なので卒業生や教会関係者からの寄付が手厚く、それで経営や設備投資を賄っている部分があると香澄からも聞いたことはあった。

だから伝統を重んじる敬虔なクリスチャンたちには、こういうお堅い広報誌とか生徒たちの活動も効果的なんだろうなとは思う……けども。

「話は分かったけど、多分大きな問題がある」

「大きな問題？」

俺の言葉に陽菜が首を傾げながら、不思議そうにぱちぱちと目を瞬かせる。

「別に俺、クリスチャンじゃないんだけど」

「えっ、そーなの⁉」

「私も無宗派です」

「ユイちん、洗礼名まであるのにマジで？　ひゃー」

俺とユイを交互に見比べながら、陽菜があんぐりと口を開けて両手を上げる。

冊子のタイトルから察するに、ミッションスクールとしての活動を見せるための広報誌なら『教会で働くクリスチャンの生徒二人にインタビュー』は良い企画だと思う。

しかし現実は俺もユイも無宗派。

それに働いてる理由も、特待生と交換留学生という肩書上で、一応は校則で禁止されてるバイトが出来ないために仕方なく教会で働いている、というピントのずれた取材対象だ。

「うーん、そう来たかぁ～それは参ったなぁ～……」

陽菜が両腕を組んでうんうんと困ったように唸る。

ひとしきり唸った後、陽菜が顔を上げてにっこりと懐っこい笑顔で頷いた。

「ま、細かいことはいーや。二人ともクリスチャンってことにしとこーか」

「そんなのでいいのか」

「別に二人がクリスチャンかどうかは記事じゃ分かんないし、教会で仕事してるのは事実だし。わざわざそこ触れなければだいじょーぶ、だいじょーぶ」

陽菜があっはっはーと笑いながら自信満々に手を叩く。

真面目なのか不真面目なのか分からないけども、陽菜本人がそれでいいと言うならまぁいいかと何も言わず肩を竦(すく)める。

わざわざクラスメイトの頼みを無下にすることもないし、これも教会の仕事の内と思えば。

「ユ……ヴィリアーズはそれでいいか？」

「新城さんがそれで良いでのしたら私は大丈夫です」

念のためユイの意向を確認をすると、ユイも特に問題を感じてなさそうなので陽菜に了承の旨(むね)を伝える。

「ありがとー助かるよ。じゃあ生徒会室いこっか」

「え？　これから？」

「実は原稿の提出が明日まででさぁ。善は急げってことでよろしく〜」

てへへ、と舌を出しながら陽菜がお茶目な笑顔を浮かべる。

そして俺とユイは急遽(きゅうきょ)『知恵の樹(き)』のインタビューを受けるため、陽菜に生徒会室へと連れて行かれたのだった。

「どーぞどーぞ。ようこそ我らが生徒会室へ〜」

俺たちの教室がある校舎とは別の校舎棟の最上階、その端の部屋へと陽菜に招き入れられた。

教室の半分程度の大きさの部屋に来客用のソファとテーブル、部屋の奥にはいくつかの事務机、壁際には書類が詰まったスチールの棚がびっちりと並んでいる。

事務机のひとつに座っていた女子生徒が俺たちを見ると、立ち上がって黙ったまま一礼をしてくれたが、どうやら他の生徒会メンバーはまだ来てないようだ。

「そこのソファに座ってて。校長室のお下がりだからめっちゃふかふかだよ～」

ユイと一緒に陽菜に案内されたソファに座ると、さっきの女子生徒が立ち上がってお茶を出してくれる。

制服を折り目正しく着こなして三つ編みに大きめのメガネをかけた、いかにも文学少女という出で立ちの女の子が俺たちの向かいのソファに座ってメモを構えた。

「あ、その子は一年生の書記ちゃんね。シャイで無口だから気にしないであげて～」

にっこりと笑いながら彼女の紹介をすると、陽菜も自分の机からタブレットパソコンを持って俺たちの向かいのソファに座る。

「んと、広報誌に載せるのに写真撮ってもいい？　どーせ見る人ほとんどいないからさ」

「俺は別に」

「私も大丈夫です」

「おっけー。生徒会の活動にご協力ありがとーございまーす♪」

俺たちが了承すると書記がデジカメを取り出して陽菜にOKサインを出す。

陽菜もタブレットの上で指先をすいすい動かして、改めて俺たちに懐っこい笑顔を向けた。

「んじゃ、とりまインタビュー始めよっか。二人はうちの質問にテキトーに答えてくれればいいから。書記ちゃん、メモよろ～」

陽菜の指示で書記もメモ用のノートを構える。

（記録されてるって思うと、何か緊張するな……）

特に聞かれて困る話もないけども何かやりづらさを感じつつ姿勢を正すと、隣のユイも俺と同じように背筋を正して顔を上げた。

「じゃあひとつめの質問は学年と名前――はまぁ聞くまでもないね。この辺はうちらがテキトーに書いとくからざっくり飛ばして……あ、じゃあここから。教会の手伝いって、仕事内容はどんなことするのかな～？」

指先ですいっとタブレットのページを飛ばして、陽菜がにこにことした笑顔を俺に向ける。

「イベント礼拝の手伝いと、後は教会の保守清掃が多いかな」

「ほうほう、なるほどなるほど。じゃあユイちんは何でこの仕事を選んだん？」

「校則に抵触しない範囲でお金を稼ぐならばこちらと紹介されたので」

「えっと、じゃあはい片桐せんせー。仕事のやり甲斐は？」

「決まったことをするだけだから、やり甲斐って言われても特には」

「ユイちんは礼拝はどのくらいの頻度でいく？」

「行かないです。無宗派なので」

「あ、そだったね。うーん。二人とも、ちょっと待ってね～？」

陽菜がにこにこしたままインタビューを止めて席を立つと、隣でデジカメを構えていた書記を部屋の奥へとちょいちょいと呼び寄せる。

それから書記が陽菜の耳元に顔を寄せてごにょごにょと話をすると、陽菜が難しい顔をしながら腕を組んでふんふんと頷いた。

それを見たユイが微かに心配そうな顔で俺に小声で話しかけてくる。

「……私たち、何かまずいこと言っちゃったかな？」

「いや普通に答えてただけだと思うけど……」

聞かれたことに思ったままを答えていただけだし、普通の質問を面白おかしく答えて欲しいってことなら、俺とユイの時点で人選ミスだと言わざるを得ない。

ユイも俺と二人の時のテンションなら冗談も口にしたりするし、緩い感じがとても可愛らしかったりするけども、今はお外なので凛としたクーデレラモード。

今の俺に取っては逆にこっちのユイの方が新鮮に感じるなぁと思いつつ密談をしている陽菜たちを眺めていると、二人が俺たちの向かいのソファに戻ってくる。

「おまたせー。いやぁちょっとこっちの話でごめんね。じゃあインタビューの方を再開させてもらおうかな〜」

　書記がカメラを構えてピピッとシャッターを切る。

「えっと、じゃあ片桐せんせーの好きな食べ物は？」

「好きな食べ物？」

「ほら、記事を読む人も片桐せんせーとユイちんの人となりが分かった方が面白いじゃん？　だからちょっと質問の内容を変更させてもらおうかなって思って」

　陽菜に懐っこい笑顔でそう言われて、まぁそんなもんかと思って回答を考え込む。

「好きな食べ物は……強いて言うなら、からあげかな」

　美味しいと思うものはいくらでもある。

　でも色んな作り方を勉強したり試したりしているのはからあげなので、俺のこだわりがあっていう意味ならばそうなるかと思って答えた。

「へー、意外。せんせーは料理テクすごいから、何かもっとすごい舌嚙みそうな名前の料理とか言うのかと思った」

　陽菜の中の俺は一体どんなイメージなんだろうか。

　別に料理が多少出来るからと言って変わったものが好きなわけでもないし、舌を嚙みそうな名前の料理なんかそもそも日常的に作ることがない。

「あ、じゃあ逆にユイちんこそ、貴族的な食べ物が好きだったりする？」

「私も一番好きな食べ物はからあげです」

「え、まさかのからあげ被りだ。てかイギリスにからあげあったん？」

「からあげ自体はありましたけど、日本で食べたものとはまったくの別物でした」

「へぇー、じゃあ日本に来てから好きになったってことかぁ～」

「そ、そうですね……最近です……」

ちらっと一瞬だけ俺の方を見て、ユイが微かに頬を染めてから視線を戻す。

「……へぇ、なるほど～……」

それを見逃さなかった陽菜が口元を悪戯めいた微笑みで密かに吊り上げた。

「いーじゃん、いーじゃん。こっちの方向性のが面白……良い記事になるよ～」

満足そうな陽菜が前のめりになるのに合わせて、隣の書記もこくこくと頷きながら興奮気味にシャッターを切る。

「したら続きね。ユイちゃんの好きな色は？」

「えっと、青です」

「好きな動物は？」

「猫です。猫が最高です」

「ユイちゃん、ちょーブサイクなネコのスタンプめっちゃ好きなのウケるもんね～」

陽菜はもはやタブレットを横に置いて、普段の教室内みたいなテンションで話し始めた。

ユイもだいぶ緊張が抜けて来たようでさっきよりも声が明るくなっている。

（まぁユイ自身も楽しめてるならいいけど……）

さっき陽菜が言い直して飲み込んだ言葉が気になりつつも、そう思って俺も隣からユイを見守る。

「じゃあさ、自分で思う自分自身の性格は？」

「自分の性格ですか……あまり考えたことないですけど……」

微かに眉根を寄せながら、握った右手を口元に当ててユイが考え込む。

じっとテーブルに視線を落としたまま、フリーズしてしまったようにユイが動かなくなった。

痺れを切らした陽菜が固まってしまっているユイに助け船を出そうと俺に顔を向ける。

「じゃあせっかくの仕事メイトだし、片桐せんせーから見たユイちんにしよっか」

「え……片桐さんから見た私、ですか？」

固まっていたユイが顔を上げて、何だか興味津々な視線で隣の俺を覗き込んで来る。

「それ、今回のインタビューの趣旨からだいぶ外れてないか？」

「アリアリ、もう大アリだよ。生徒同士が仲良いのは大人にとってほっこりポイントだからね。これはイイ感じの会報になって寄付の匂いがするよ～♪　うちが断言しちゃう」

何だか妙に自信満々の陽菜を見てそんなもんなのかと納得させられてしまう。

まぁユイも困ってることだし、ここは助け船を出すと思って俺も頬に手を当てながら天井に視線を向ける。

(ユイの性格って言われると……)

最初はクーデレラと呼ばれるくらい愛想がなくてとっつきづらいクールな女子だと思ってた。

でもそこから一緒にいる時間が増えて、少しずつ距離感が近くなって、クーデレラなんて言葉が似合わないくらい可愛らしい笑顔を見せてくれるようになって。

どうしようもない自分の境遇も乗り越えて、自分の弱さとしっかり向き合う強さがあって。

整い過ぎた顔立ちがパッと見は不愛想に見えるけど、実は感情表現も豊かなのも知ってるし、とても情深いことも知っている。

目の前のことにいつも一生懸命なのも可愛らしいし、少し抜けてるところも可愛らしい。

本当に素直で真っ直ぐで、そんなところが俺にとってすごく眩しくて……正直、愛おしいと思う。

(……ああ、俺はユイのそういうところが好きなのか)

ユイの良いところを数えた分だけ、改めてユイが好きなことを自覚してしまう。

「片桐せんせー、顔赤いけど暑いん？　エアコン下げる？」

「あ、いや、大丈夫だ、悪い……」

つい黙ったまま考えに耽ってしまっていたのをこほんと喉を鳴らしてごまかす。

「ヴィリアーズはちゃんと自分を持ってる素直な人、かな」

隣から見上げている期待の視線を少し照れ臭く思いながらも、素直に思ったままをはっきりと答える。

横目で隣を見ると、ユイが俯いて膝の上に乗せた両手をきゅっと握った。

青い瞳を細めながら、頬を赤く染めて嬉しそうに小さく唇を噛むのが見える。

「……そんな風に、思ってくれてるんだ」

ふふ、と小さな笑い声を漏らしながら、俺にしか聞こえないくらいの小さな声で呟く。

予想外の可愛いリアクションに思わず俺も逆の天井へと顔を逸らす。

(外でそんな不意打ちは反則だろ……)

クーデレラモードからの急なギャップに動揺して、心臓がばくばくと鼓動を加速させる。

「うーん、何ともこれは良きインタビューになりそーだね～書記ちゃん？」

陽菜の満足げな耳打ちに応えるように、隣の書記もピッピピッピとシャッターボタンを連打してはカリカリとメモにペンを走らせていた。

「じゃあ次はユイちん。片桐せんせーはどんな人？」

「わ、私ですか……!?　え、えーっと……そう、ですね……！」

ユイが慌てながらあごに手を当てて「えっと、えっと」と必死に頭を働かせる。

頬を染めたまま一生懸命に唸りながら真剣に考えること数分、困ったように眉を下げたまま窺うように顔を上げた。

「や、優しい人……ですかね……」

悩みぬいた末のシンプルな一言を申し訳なさそうにしながら、隣の俺をちらりと窺ってもじもじさせてる指先に視線を落とす。

「その、すごく色々考えたんですけど上手くまとめられなくて……ごめんなさい……」

恥ずかしそうに小さな声を何とか絞り出すと、赤くなった顔を隠すように肩を縮こまらせた。

それを見た陽菜が実に満足そうに腕を組んで身を乗り出すと、にやーっとした顔で俺を見上げて来る。

「片桐せんせーって実はやさしー系なんだ？ 教室だとあんま喋らないし、無愛想に見せかけてからのギャップってヤツ？」

「別にわざわざそう言ってもらえるほど特別優しいってわけじゃ——」

「いえ、片桐さんは優しい方です。とても」

小さな両手をぐっと握りながらユイが俺の言葉を遮って断言した。

妙に力強く被せられて怯みながらも、ユイに人前でそんな風に褒められて、嬉しいやら恥ずかしいやらでどんな顔をすればいいか分からなくなってしまう。

「まぁまぁうちらがどう思ってたとしても、ユイちんにとってはめっちゃ優しいってことでね。そういうのイイよねぇ書記ちゃん？」

陽菜が腕を組んで隣の書記とにこにこしながら頷き合う。

（……この二人はさっきから何を頷き合ってるんだろうか）

取材とは全然関係なさそうなことだけは分かるけども、何を考えているのかはいまいち良く分からない。

身を乗り出した陽菜が続けてユイに質問を重ねる。

「じゃあ例えばどんなところがやさしーの？　もうちょっと具体的な例を教えてくれたら、片桐せんせーがやさしーって分かり易くなるっしょ？」

「え、えっと、例えばそうですね……」

ユイがもう一度考え込んでから、今度はすぐにぱっと明るくした顔を上げて答える。

「自分が考える優しさよりも、その人にとっての優しさで考えてくれるところとか」

「それはつまりユイちんがして欲しいことを、ユイちんの目線で考えてくれるってことだ？」

「そうですね。そういう所が本当に優しいなって」

「わぁーそれめっちゃやさしーやつじゃん。しかも普段は不愛想なのにユイちんと二人の時はやさしーってことでしょ？　そーゆーの女の子的にきゅんきゅん来ちゃうトコだよね～♪」

陽菜がきゃっきゃ言いながら、両頬に手を添えて身体をくねくねと悶えさせる。

……これは新手の拷問か何かなのだろうか。

あまりの褒め殺しで、まるで辱められてるように身体中から変な汗が出て来る。

（いやもちろんユイがそう思ってくれてることは嬉しい、嬉しいんだけども……）

人前で褒められるだけでも照れ臭いのに、それが自分の好きな相手にイジられるというのは格別につらい。つら過ぎる。

もうまったく陽菜とユイの会話が頭に入らない俺をよそに、陽菜がガンガンと追い打ちを仕掛けて掘っていくが、ユイもまた一生懸命に考えては楽しそう答えていく。

こういう素直さが可愛いとこだとさっき思ったばっかりだけど、こういうことじゃない……こういうことじゃないんだよなぁ……。

心を無にした乾いた笑いで、何とか地獄のような時間をやり過ごしていく。

「はー。片桐せんせーの魅力が良く伝わるお話、大変ごちそうさまでした」

どうやら話（拷問）が一段落付いたようで、陽菜と書記が深々と頭を下げるとユイも釣られて顔を赤くしたまま頭を下げた。

ユイもだいぶ消耗してるようで、鞄から出したハンドタオルでおでこを押さえている。

そんなユイをにや～っと覗き込みながら陽菜がしみじみと呟く。

「ほんとユイちんは片桐せんせーのことが大好きなんだね～？」

「……それは、人として……ということでいいでしょうか？」

以前に同じ問い掛けに対して墓穴を掘った経験から、努めて冷静にユイが返事をすると看破された陽菜が驚いたように目をぱちくりさせた。

「てへ。イジワルな聞き方してごめんね。ユイちん可愛くてつい」

陽菜が悪戯っぽく笑いながら舌を出して謝る。

ユイが眉根を寄せたまま難しい顔で深呼吸をすると、意を決したように顔を俯けたまま小さな声を絞り出して答えた。


「そりゃあ………好き、ですよ……」


とても小さな呟き。

でもその綺麗な声がはっきりと隣にいる俺の耳にまで届いて、思わずユイの方へと丸くなった目を向ける。

長い髪の隙間から真っ赤になった耳が覗いていて、膝の上に置いた小さな手がハンドタオルをぎゅっと強く握っていた。

（……ダメだ、これはもうダメだ……）

不意の台詞と仕草が直撃してしまい、ソファの背に仰向けになって熱くなった顔を両手で隠した。

もう拷問の時間が終わったと油断していたところにまさかの正面衝突。

陽菜と書記もお互いの肩を抱き合いながら俯いて、ぎゅっと手を握り締め合いながら言葉もなく小さく頷き合いている。

律義に答えたユイ自身も俯いたまま固まっていて、時間が止まっているかのような生徒会室の中には静かなエアコンの駆動音だけが響いていた。

四人がしばらくそのままで固まっていると、ユイが一番最初に再起動する。

「……あの、もしかして……答えない方が良かったでしょうか……？」

「いや、ごめん……ユイちゃんがあまりに可愛くて……」

陽菜も予想外のもらい事故に顔を赤くしながら、緩み切って止まらない口元を手で隠して素直に謝った。

「ごめん、せんせー。もうほんとお腹いっぱいだから真面目に取材させてもらっていーかな……」

「そうだな、とっとと頼む……」

もはや陽菜の言ってることにツッコむ気力すらもなく、ユイと一緒に溜息をシンクロさせながらいわゆる普通の質問に普通に回答をしていった。

それから三十分ほどが経過して、無事にインタビューも終了。
さっきのダメージを引きずっているユイがソファーの手すり部分でぐったりしているのを横

目に、俺は陽菜がお茶を淹れ直してくれるのを手伝っていた。

ちなみに書記の子はさっきのインタビュー内容を、今現在猛スピードでパソコンにカタカタと打ち込んでいる。

締め切りが今日までだって言ってたもんなと思いつつ、猛烈なその仕事ぶりに感心していると陽菜が懐っこい笑顔を俺に向けた。

「いやぁお陰様で今日は楽しいお仕事だったなあ。生徒会がいつもこんな仕事ばっかりならいーのにねぇ」

妙につやつやとした表情で悪戯っぽく笑いながら俺を見上げる。

「仕事じゃない部分が楽しかったんじゃないのか」

「あ、そーいえばそーだね。まぁ楽しくやれたなら良しってことで〜」

主に遊ばれていたユイが可哀相ではあるけども、でも俺も楽しくなかったかと言われたらヤブヘビになりそうなので黙っておく。

すると陽菜がにや〜っと笑いながら俺の耳元に口を寄せて小声でささやいた。

「ユイちん、まんざらでもなさそうだったし、これは頑張るしかないっしょ〜?」

「……そういうのは脈がありそうだから頑張るとかじゃないだろ」

「んん？　ってことは……脈がなくても頑張るってこと？」

首を傾げながら楽しそうに俺を窺って来る。

相変わらず陽菜は緩い感じの割に細かいところによく気が付くと言うか、しっかりと人の言葉を聞いてるというか……。

ただ図星を突かれたからと言って否定してごまかすのは、ユイへの気持ちに胸が張れなくなりそうで言葉に詰まってしまう。

機転を利かせて話を逸らすことも出来ない俺に、茶目っ気たっぷりの微笑みで陽菜が愛らしい垂れ目を細めて頷いた。

「ははぁ～、なるほどねぇ、そーゆーことかぁ～」

俺の内心を察した陽菜がにんまりとしながら、楽しそうにぽんぽんと俺の腕を叩く。

自分の好意がバレた相手にどんなリアクションを取ればいいか分からず、頬を掻きながら陽菜へと顔を向ける。

「……ヴィリアーズに迷惑かけたくないから、周りには黙っててくれないか」

「へ？　迷惑？　どゆこと？」

陽菜が不思議そうに首を傾げる。

「俺は別に何言われてもいいけど、ヴィリアーズの周りを騒がせたくないんだ。ああ見えても色々と苦労してるから」

俺がそれだけを頼むと、俺の意図を察した陽菜が遠慮なしにくすくすと笑い声をこぼした。

「うち、人の気持ちをネタにするようなことはしないよ。それは約束するから安心して。ってか片桐せんせーってばマジで優しいんだね」

いつもは緩くて飄々としてる陽菜が真っ直ぐに俺を見てそう口にすると、懐っこい瞳の奥から陽菜の誠実さがしっかりと伝わって来る。

見たことない陽菜の優しい微笑みで、胸の中の微かな不安が溶けるように消えていく。

「じゃあもしかして、うちめっちゃ良いアシストしてた？」

「別にアシストはしてないだろ」

「あ、そっか。うちがごちそうになっただけだったね〜」

いつも通り愛嬌たっぷりにそう言うと、湯呑みが三つ載せられたお盆を渡される。

約束してくれた安心感も相まって、憎めない笑顔を見せられるとまぁ陽菜なら仕方ないかと思えてしまう。

それから魂が抜けたようにへばってるユイのところへお茶を運ぶと、陽菜もまた向かいのソファに座って一緒にお茶を傾けた。

「あ、ユイちん。最後にもいっこだけいい？」

小さな両手で湯呑みを抱えながらふーふーとお茶を冷ましてるユイに陽菜が顔を向ける。

「はい、お手柔らかなことでしたら……」

「あはは。さっきみたいなのじゃなくて、ただ気になったことなんだけどさ」

陽菜がこくっと小さく喉を鳴らしてお茶を飲んで続ける。

「ユイちんは卒業後とかどーすんのかなって」

陽菜の言葉で湯呑みを傾けていた俺の手が止まる。

ユイとまだ話すタイミングのなかった進路調査の話。

自分の中に微かな緊張を感じながら隣のユイに視線を動かして、詰まった息を呑み込むようにお茶をすする。

「そうですね。留学自体が突然に決まったことでしたから、まだ具体的な進路までは考えられてないですけど……」

自分の気持ちを探すように言葉を選びながら、俺が思っていたよりもずっと穏やかな声でユイがそう前置く。

温まった息をゆっくりと吐き出したユイが、少し照れながら小さく微笑んだ顔を上げる。

「卒業後も日本で暮らせるような進路を、とだけは考えています」

短くそれだけを答えると、隣の俺を見てユイが困ったように青い瞳を細めた。

「じゃあ卒業しても一緒に遊べるね。マジうれしーやつだ」

陽菜が懐っこい声を上げながら諸手を挙げて喜ぶ。

それから悪戯っぽく目を細めて俺を覗き込んで来る。

「だって。片桐せんせーもうれしー？」

「ほっとけ」

何とかその一言だけを返すと、思わず安心して緩んでしまう顔を二人から逸らす。

（……そっか、ユイは日本に残るつもりなんだな）

本人もまだ具体的なことは何も分からないとしても、その意志が聞けただけでさっきまでの緊張が消えてなくなる。

ずいぶんと自己中心的な安心だなとは思いつつも、好きな人が近くにいてくれることを喜ぶのも素直な気持ちだしなと思って小さな笑い声がこぼれてしまう。

「なので、今後もよろしくお願いします」

「ああ、こっちこそだ」

少し照れながら微笑んでくれるユイに向かって、俺も口元を緩ませたまま頷き返した。

◇　◇　◇

生徒会室を後にして校門をくぐると、スマホの時計は午後二時を表示している。

「今日は午前中に帰れるかと思ってたけど、だいぶ遅くなっちまったなぁ」

「そうだね、インタビューの後もお喋りしちゃったし」

夏らしい灼けるような陽射しに目を細めながら、肩を並べて歩くユイと一緒に苦笑いを浮かべる。

『今日でしばらくユイと会えないから』と、あの後も陽菜がもらいものの大量のお茶菓子まで広げて取り留めのない話をしていたらこの時間になってしまった。

ちなみに書記の子は『私は壁だとでも思って存分にご歓談を。ごちそうさまです』と、良い笑顔で返されたので三人で。

終業式だけであれば、昼飯の買い出しをしても午前中には帰宅出来ていたはずだったので、それからユイと家で昼食を食べる予定だった。

でも生徒会室で茶菓子ももらったし、もう昼食には遅くて晩飯までも微妙な空き時間。

どうするかと少し考えてからユイにひとつ提案をしてみる。

「ちょっと軽めにフレンチトーストでも作るか」

「えっ、フレンチトースト？　食べたい！」

提案の意図を聞かれることもなく即答でユイが食い付いてくれる。

そりゃあ喜んでくれるかなと思ったからこその提案だったんだけれども、予想以上に素直に瞳を輝かせているユイが可愛くてつい笑みがこぼれてしまった。

前に一緒に紅茶専門店に行ってからユイはスイーツがお気に入りのようで、たまにスーパーの特設コーナーで売られている有名菓子店の小売りのお菓子を、ちょこっとだけ買うのがプチ贅沢でお気に入りらしい。

欲しいお菓子があった時は、売り場で吟味に吟味を重ねた上で手に取って、

「……買ってもいい？」

と、控え目に窺って来るのがめちゃくちゃ可愛くて堪らない。

まぁなので昼食代わりのスイーツといった感じで、腹持ちもちょうど良さそうなフレンチトーストの提案だったわけだけども、一も二もなく喜んでもらえるなら何よりだった。

「……あ、でも」

ユイが指先をもじもじと絡めながら困ったような顔で俺を覗き込む。

「私は嬉しいけどさ、でも夏臣はお昼には物足りなくない？」

「確かにちょっと前までだったら物足りなかったかもだけどな」

小さく肩を竦めながらユイに笑いかけると、ユイがハテナを浮かべて首を傾げる。

「ユイのお陰で俺も甘い物が好きになったから大丈夫だ」

「夏臣……」

その返答を聞いてユイが少しだけ瞳を丸くする。

俺は今まで特に甘いものに興味はなかったけど、でもユイに付き合ってワタラッパンを食べたり、アイスを作ったりと、色々食べてる内に目覚めたというか美味しいなと思って食べるようになった。

だからこれはユイに受けた影響で、それが一緒の生活の中で生まれた変化だと思うと何だか嬉しく思える。

「私も夏臣が作ってくれるからあげが大好きになったのと同じだね」

「ああ、同じだな」

「自分の好きなものをお互いが好きになるって、何かすごくいいなぁ」

ご機嫌そうに声を弾ませながら、ユイがえへへと表情をはにかませる。

似た者夫婦なんて言葉があるけど、きっとこうやって一緒に暮らして行く中でお互いがお互いに影響され合って近づくことを言うのかも知れない。

ユイと会わなかったら猫カフェに行くことも、ブライダルフェアのモデルをやることも、花火大会でデートをすることも、人を好きになるということも分からなかった。

自分の好きな人に影響を与えて、好きな人から影響されて、そんな風に二人の世界が広がっていくことはすごく素敵なことだと思うし、嬉しい。

「イギリスにいた頃は食べること自体あんまり興味なかったんだけどね。夏臣が美味しいごはん作ってくれるから大好きになっちゃった」

「その責任を取れるように今後も精進するよ」

「ん、約束ね。期待してる」

ユイも幸せそうな笑顔で頷くと、歩調を合わせながら二人でゆっくりと夏の陽射しの下を歩いて行く。

うだるような夏の暑さでも、ユイと一緒にいるだけで不思議と気にならなくなってしまう。

「とりあえず今は美味いフレンチトーストをごちそう出来るように頑張るかな」

「ありがと。すっごく楽しみ〜♪」

ユイも柔らかくて可愛らしい笑顔をはにかませ、こうやってまた二人の思い出がまたひとつ増えていく。

そんなことを嬉しく思いながら、夏休み最初の昼食の材料を買いにいつものスーパーへと肩を並べて歩いて行ったのだった。

4章　海と水着とクーデレラ

I s
“quderella” nex
and I'm going to gi
a key to my

「夏臣くん、いらっしゃい。ご無沙汰ね」

夕方前、『Ｂｌｕｅ　Ｏｃｅａｎ』のドアをノックすると、着物姿の店長、鈴森遥が上品な笑顔で迎えてくれた。

ここは馬車道から少し外れた雑多な国籍の飲み屋街通りにあるラウンジで、慶のお母さんでもある遥が切り盛りしてる店だ。

以前に慶に頼まれてここのイベントライブで俺がピアノを演奏したことがあり、その時にサックス奏者だった湊とデュオを組んでからの縁になる。

モノトーンで統一された小綺麗な店内は、まだ開店前の時間なので煌々とした照明で照らし出されている。

「遥さん、ご無沙汰してます。藍沢いますか？」

「湊ちゃんなら」

遥が振り返ってバーカウンターに顔を向けると、その奥から湊がひょこっと顔を出す。

ブルーオーシャンの制服であるカマーベストに身を包んだ湊が、俺に軽く手を挙げながらカウンターの外に出て来る。

湊のカマーベスト姿はライブの時にも見たけど、改めて見ても彼女のボーイッシュな雰囲気とよく似合っていて格好良い。

「悪いね、急に呼び出して」

「いいや、晩飯の買い物ついでだから大丈夫だ」

今日はユイが昼間に湊と買い物ってことだったので、時間的に俺が一人で晩飯の買い出しに出て来ている。

そしてその途中で湊からブルーオーシャンに呼び出されたので顔を出したという流れだ。

「これ、お客さんからもらい過ぎちゃったから少し持っていって欲しくて」

湊がそう言いながらカウンターテーブルの上に置いてある箱を開いて見せる。

中を覗くと桃、梨、葡萄、パイナップルなど今が旬の果物たち。

俺の所まで香って来る甘い匂いから相当に上質な果物だと分かる。

「店だけじゃ腐らせちゃうし、あんたのとこなら食べるでしょ」

「いやありがたいけど、でもこれかなり良いものなんじゃないか？」

「あんただけじゃなくてユイにも世話になったからね」

湊が軽く笑いながら肩を竦めて見せると、追試のことを言ってるのだと察して頷く。

「そういう事ならうちの甘い物好きが喜ぶよ。ありがたく」

幸せそうに頬を押さえながら「おいしーっ」と言ってるユイが容易に想像出来たので、食べ切れないということであればありがたく頂くことにする。

「お陰様で追試も合格出来たから。そのお礼も兼ねてね」

「別に俺は何もしてないけどな」

「美味しい晩御飯と夜食のお陰様で」

別にその程度は大したことじゃないし、そもそもユイのスパルタに耐えて勉強を頑張ったのは湊本人だ。

俺自身は特にお礼なんてしてもらうほどのことをした覚えがない。

しかも貰い物とは言え、この果物たちだって買ったら結構な値段になるだろうし。

「ま、あんたはそう言うだろうと思ったけど、こっちの気が済まないからさ。あとユイにはちゃんとお礼がしたいから、あんたに付き合ってもらいたい事があるんだけど」

「ユイにお礼がしたいから？　俺に？」

「細かいことはいいから。明日の予定は？」

湊が言ってることに首を傾げつつ、取りあえず聞かれたままにスマホの予定表を確認してみる。

「特に何も予定はないけど」

「オッケー、じゃあ明日の予定空けといて。時間と場所は慶から連絡させるから」

「ま、そういうことだからよろしく。あとこのことはユイには言わないでね」

「え？」

「は？　慶から？」

いくつもハテナを浮かべる俺に悪戯めいた微笑みで人差し指を向けると、それ以上の説明はないまま湊がバーカウンターの中に戻って開店準備を再開する。

（ユイへのお礼だから、ユイには伏せとけって……？）

妙にちぐはぐなことを言われて眉をひそめるが、湊はこれ以上は話すつもりはないということなので追及を諦める。

何かサプライズ的な意味があるんだろうけども、まぁ本人が言うつもりがないなら仕方ない。

一連のやり取りを見ていた遥がにっこりと上品な笑みを湛えたまま、可笑しそうにくすくすと笑い声を漏らす。

「ふふ、夏臣くんは本当に湊ちゃんに気に入られてるのね。すごく素敵なお礼だから明日は楽しんでいらっしゃい」

「はぁ、分かりました」

明日の予定を知っている口ぶりの遥に背中をぽんと叩かれて曖昧に頷く。

お礼って言ってるくらいだから、良いことなんだろうとは思うけど……何なんだろうか。

湊に言われたことがいまいち腑に落ちないまま、何とも歯切れの悪い返事で、もらった果物の袋を提げてブルーオーシャンを後にした。

◇　◇　◇

そして翌日の午前十時。

「おー夏臣。さすが待ち合わせ時間ぴったりだな」

最寄り駅の改札口で慶が人懐っこい笑顔で手を挙げる。

湊が言っていた通り、昨日の夜に慶から連絡が来て午前中から駅前で待ち合わせ。

言われた通り今日のことはユイには伏せて来たけども、これからどうなることやらと思いつつ改札上の路線図を見上げる。

「で、どこ行くんだ？」

「まぁまぁ、ここまで来たんだからもう少し付き合えって」

楽しげに笑う慶と肩を並べながら、交通系ＩＣカードをタッチして改札をくぐる。

まずは最寄り駅から特急の停まる大きな駅まで十分ほど。

そこからさらに三十分ほど特急に揺られて南下していくと、車窓の外は背の高いビルと建物が減って夏らしい青い空と樹々の濃い緑が見え始める。

『間もなく三浦海岸、三浦海岸です』

ひび割れた音の車内アナウンスが響いて、俺たちを乗せた電車が駅のホームへと停車する。

改札をくぐると駅名の通り、遠くから潮の匂いが漂って来ていた。

「もうだいぶ来たけど、まだ目的地は秘密なのか？」

「ここまで来たらもうちょっとだからさ。絶対驚くからこのまま到着までな？」

さっきよりもテンションが上がっている慶に促されるまま、駅前にあるターミナルでバスに乗り換えてからさらに二十分ほど揺られる。

バスの乗車客がまばらになり始めた頃、車窓から見える景色に海岸線が見えて来た。

横浜周辺では見られないのどかな海岸線沿いの景色を眺めていると、慶が停車ボタンを押してゆっくりとバスが停まる。

慶に続いてバスを降りると、さっきよりもさらに濃い潮の香りがしてだいぶ海が近いことが分かった。

「えーっと確かこっちの方だったと思うんだけど……お、あったあった！」

スマホの地図を確認しながら進む慶の背中についていくと、一軒の古民家の前で慶のスマホが目的地に到着したことを告げる。

目の前の家を見上げると、パッと見は風情のある年季の入った古民家。

でもしっかりと掃除が行き届いていて、むしろ小綺麗な家であることに気付く。

「ここが今日の目的地なのか？」

「ああ。正確に言うとちょっと違うんだけどな」

慶がふふんと自慢げに笑いながら、許可なく建物の敷地内に入って行く。

「お、おい、慶……！」

「こっちこっち。ほら、夏臣も来いよ」

仕方ないので招かれるまま慶に付いていくと、古民家の中にある庭を通り抜けて裏手に回る。

そして裏口にある門をくぐると、うっそうと茂った樹々のトンネルの中を人が歩けるように舗装された道が続いていく。

その小路を進んで行くと静かな波の音が聞こえ始めて、新緑のトンネルを抜けた目の前には美しい砂浜が広がった。

「……海、なのか？」

その景色を見てそんな言葉がこぼれる。

そこは横幅が三十メートルほどの『コ』の字の形をした入江。

左右は苔むした岩山に抱き抱えられるように囲まれていて、その上には青々とした樹々が天然のタープを作って陽射しを緩やかにしてくれている。

柔らかなさざ波が打ち寄せる砂浜には、まるで南国のような綺麗な白い砂が敷き詰められていて、夏真っ盛りにもかかわらず人影はなく静かな波の音だけが反響していた。

「こんな場所があるのか……」

さっきまでの日常とは隔絶された、幻想的にすら見える神秘的な景色。

それに見惚れて不意にそんな言葉が漏れてしまう。

「めちゃくちゃ良い場所だろ。プライベートビーチってやつだ」

隣に立った慶が気持ち良さそうに目を細めながら両腕ぐっとを空に伸ばす。

そう言われて砂浜を見回すと、端の方には景観と合った上品なデザインのビーチチェアや、バーベキュー用のコンロや機材なども置いてある。

基本家で自炊の俺にはあまり縁のない代物たちで馴染みはないが、テレビやネットで見かけるような立派な機材たちだということだけは間違いない。

「プライベートビーチってことは、表にある家の敷地ってことか……」

改めて溜息が出るほど美しい入り江に見惚れていると、後ろから俺たち以外の足音が聞こえて振り返る。

「……夏臣？」

「……ユイ？」

そこには口元に手を当てて、青い瞳を丸くしたユイが立っていた。

お互いに予想もしてなかった顔合わせに言葉を失っていると、ユイの後ろから湊がひょこっと顔を出す。

「ここ、うちのばーちゃんの貸別荘なんだよね」

「貸別荘って……」

情報量が多すぎて困惑している俺に、湊が悪戯を成功させた子供のような笑顔を向けて続ける。

「前までばーちゃんがここに住んでたんだけどね。引っ越してからは改修して貸別荘にしてるってわけ。普段は予約でいっぱいなんだけど、今日だけちょうど空いてるって話だったから」

表にあった古民家、ならぬ藍沢家の貸別荘の鍵を指先に掛けて湊が自慢気にくるりと回す。

「……つまり、これが『お礼』ってことか？」

「そういうこと。不満？」

改めて紹介するように、プライベートビーチ付きの貸別荘に湊が腕を伸ばして見せる。

ニュースなどに映る神奈川県の有名な海水浴場は、基本的に砂浜よりもビーチパラソルとレジャーシートの方が見える割合が多いし、それに比例して押し寄せる人の数も半端じゃない。

でもここはハイシーズンにもかかわらず、人気がなく静かな上に幻想的なほど綺麗な入り江。

思いもしなかった十二分過ぎるお返しに改めて圧倒されてしまう。

「不満どころか、恐れ多いくらいだな……」

「そ。なら良かった」

俺の正直な感想を聞いて湊が満足そうに頷く。

これなら驚かせるために黙っていたと言われても仕方ないかと素直に思ってしまう。

「すげーよな。俺も何回か世話になってるけど、夏臣にも見せてやりたいなーって思ってたんだ」

慶も肩を竦めながら湊と同じく楽しそうに笑い声を上げる。

これは大き過ぎるお礼をもらってしまったなと思いながらユイに顔を向けると、ユイが赤くした顔を困ったように俯かせていた。

「ユイ、どうした？」

「あ、いえ……その……」

こんなに綺麗な場所を目の当たりにしたら一も二もなく喜ぶはずなのに、肩に下げている見慣れない大きめのバッグの取っ手をぎゅっと握り締めて視線を落とす。

「……夏臣がいると、思わなかったから」

小さくそう呟くと、俺から顔を隠すようにさらに俯いてしまう。

この状況を見れば恐らくユイも俺と同じようにサプライズだったんだろうなとは分かる。

(でもこの反応は……)

何かそういうことじゃなさそうだし、明らかに照れてるというか恥ずかしがっているような感じがする。

ユイの反応が腑に落ちずに首を傾げていると、湊がくすくすと笑いながらユイの代わりに答えた。

「今日は人目を気にせずに、思いっきり海で遊ぼうって約束してたもんね？　昨日一緒に買いに行った可愛い水着で」

「み、湊さん……!?」

湊がからかうように隣からユイを覗き込むと、ユイがあわあわとしながら赤くなった顔を上げる。

それからはっとして俺を見ると、また慌ててさっき以上に肩を丸めて縮こまった。

さらっと流れ落ちた長い黒髪の隙間からは、真っ赤に染まった耳が覗いている。

「……水着？」

思わずその単語に反応してしまう。

「せっかくの貸し切りの海なんだから。波打ち際で遊ぶだけじゃもったいないでしょ？」

慶みたいに肩を竦めながら、湊が飄々とした調子を真似して笑みを浮かべる。

（じゃあユイがいつもより大きめのバッグを持ってる理由は……）

その中に入っている着替えを察してユイを見ると、ぎりぎりの上目遣いで俺を見ていたユイが両手で顔を隠しながらしゃがみ込んで丸くなった。

「ちょ、おまえら……!?　急にそんなこと言われてもだな……!?」

ようやく俺も今の状況を理解して、今更ながらに身体中からぶわっと変な汗が出始める。

ユイが今までになく恥ずかしがっている理由がようやく分かって、何やら申し訳ない気分が猛スピードで限界を突破していく。

「だっておまえら、『海に泳ぎに行こう』なんて誘ったら来なかっただろ？」

「「それは……」」

慶への返事が完全にユイとハモる。

お互いに真っ赤になってる顔でちらりと視線を交わす。

（……ユイはマジで水着用意して来てるのか）

確かにこんなお膳立てをしてもらわなかったら、ユイと海水浴に行くなんて発想自体なかったし、夏休みの間中もきっと思い付きもしなかっただろう。

思い付いたとしても、砂浜よりも人の密度の方が高いところに行こうなんて思わないし、年相応の恥ずかしさも相まって誘えなかったと思う。

「でも俺は行き先聞いてなかったから、水着なんて持って来てないけど……」

「もちろん当別荘にはお客様への水着のレンタルサービスもございますのでご心配なく」

「ってことだ。夏臣もいい加減腹くくれよ、男だろ？」

飄々（ひょうひょう）と笑う湊と慶による完璧な下準備に、反論の余地なく言い負かされてしまう。

「んじゃ、うちらは中で着替えて来るから。そっちはよろしくね、慶」

「あ、ちょっ……！　み、湊さん……！　私まだ、こっ、心の準備がっ……！　W-Wait（ちょっと、）, hold on（ちょっと） a moment（待って）! Slow down（ほんとにダメでつ）! Ah, ahahhhahhhh!!!（あつ、あああああああ——っつつ）」

悲鳴にも似た叫び声を上げながら、ユイが駄々をこねる子供のように湊に引きずられて行く。

もはや何を言ってるのか分からない叫び声が美しい入り江の中にひとしきり響き渡ると、バタンと遠くで扉が閉まる音が聞こえてその声が途切れた。

辺りには静かな波音が戻って来て、無意識に浅くなっていた呼吸を深く戻すと額に滴っている汗を手で拭う。

「おまえら泊まりで旅行に行こうって予定まであるのに、このくらいで照れてるようじゃ前途多難だなぁ」

あまりに珍しい俺の様子を楽しそうにしながら、慶がけらけらと可笑しそうに笑い声を上げた。

「旅行と海で遊ぶのはまた違うだろ……色々と不意打ち過ぎるんだって」

「夏臣はヴィリアーズ嬢の水着姿、見たくないのか？」

「……その質問はちょっと卑怯だろ」

そんなのは、見たいに決まっている。

胸の内で即答しながら照れ隠しに鼻を鳴らして顔を逸らす。

普段からユイは可愛いとしょっちゅう思うけど、異性としての部分を見せるタイプでもないのでそういう目で見たことはない。

それでもスタイルが整っているのは見れば分かるし、きっと水着もめちゃくちゃ似合ってて可愛いんだろうなとは簡単に予想が付く。

今まで意識をしたことはなくともそんな確信をしながら、ようやく身体が落ち着きを取り戻してくれる。

「ま、黙ってて悪かったよ。でも湊がどうしても二人にお礼がしたいって言うからさ」

「藍沢が？」

「湊がここに友達連れて来るなんてオレの知る限り初めてだからな。素直じゃないけど、あいつなりの最上級のお礼のつもりなんだよ。だから今日は精一杯もてなされてやってくれ」

飄々とした笑みの下に嬉しさを滲ませながら、慶がナイロンの袋を俺にそっと放り投げる。

中にはクリーニング済と書かれた袋の中に入ったサーフパンツの水着。

(確かに驚いたけど……でも、わざわざこんな用意までしてくれたんだよな)

慶の言う通り、せっかくのこれ以上ないサプライズプレゼントに、男の俺がいつまでもうじうじしてるわけにもいかない。

「藍沢のお礼、ありがたく目いっぱい楽しませてもらうよ」

「ああ、そうしてくれると湊も喜ぶわ」

こぶしを上げて見せると、慶からも握ったこぶしをこつんと当ててくれる。

花火大会のチケットといい、プライベートビーチへの招待といい、本当に世話焼きな二人だなと思って笑みがこぼれる。

「じゃ、オレたちもとっとと着替えるか」

「そうだな」

静かな波の音が響く入り江の中で軽く頬を張って気分を変えると、砂浜の奥にある簡易更衣室へと向かった。

渡されたレンタル水着のサーフパンツに着替えて砂浜に出る。

海沿いの少し湿った風と夏の日差しの下、歩く度に足がさらさらとした白い砂に埋まって心地良い。

天然の天蓋からの木漏れ日が穏やかなさざ波を照らして、静かに寄せる波が飛沫をきらきらと瞬かせている。

改めてこの場所の美しさに見惚れていると、後ろから慶に呼ばれて振り返る。

「じゃあオレは倉庫からビーチグッズ取りに行ってくるわ」

「あ、俺も手伝うぞ」

「手伝ってもらうほどじゃないから大丈夫だ。それにお迎えがいた方がヴィリアーズ嬢も喜ぶだろ」

軽く手を振ってそう言い残すと、慶が古民家の方へと消えて行く。

砂浜に一人取り残されて、手持無沙汰に波打ち際（なみうちぎわ）にしゃがみ込むと左手で波をもてあそんでみる。

気持ち良く冷たい海水の中で、左手首に着けたままのブレスレットが木漏れ日を弾いてきらりと光った。

スマホで調べたところシルバーは海水で錆（さ）びることはないとのことなので、今もこうして着けたままにしている。

真水とは違って少しベタつく海水の感触と冷たさを味わっていると、ビーチサンダルが砂浜を踏み締める音が聞こえて、ゆっくりと振り返る。

「……夏臣」

赤く染まった頬を隠すように俯（うつむ）きながらユイが立っていた。

きっちりと上まで閉められた白いパーカータイプのラッシュガードの裾を一生懸命に下に引っ張りながら、窺（うかが）うような上目遣いを俺の方に向ける。

綺麗（きれい）な長い黒髪は三つ編にして横に流されていて、ラッシュガードの裾から覗（のぞ）いているすらりとした白いふとももが、夏の日差しを弾くように眩（まぶ）しく照らし出されていた。

「その……あんまり、じっと見ないでもらえると……」

「あ、あぁ……！　悪い……！」

恥ずかしさで消え入りそうな声をくすぶらせるユイに謝りながら、見惚れていた視線を急いで引き剝がして青い空に向ける。

（……やばい。もうすでにめちゃくちゃ可愛い過ぎる……）

男として動揺しないと決めていたはずの覚悟は一瞬で青空の彼方に飛んで行ってしまった。

ユイがまだ上着を着ているにも関わらず、恥ずかしそうによじらせる健康的な脚線美に、その下の水着姿の想像を掻き立てられて目のやり場に困ってしまう。

現状で見えている肌の範囲は学校の制服姿とさほど変わらないのに、ユイが必死になって隠そうとしている仕草が可愛過ぎて、その下に水着を着ているということを意識をさせられてしまう。

「あ、ユイってばまだラッシュガート着てんじゃん。ここまで来たらもう開き直るって約束したのに」

「が、頑張るとは言いましたけど、約束まではしてないですっ……！」

後からやって来た湊が腰に手を当ててため息交じりにユイに目を細めると、ユイが自分の身体を抱くように背中を丸めて抗議の視線を向けた。

湊の方はいわゆるタンキニと呼ばれるタンクトップとショートパンツを合わせたスポーティなセパレートタイプの水着で、スレンダーでボーイッシュな湊のイメージに良く似合っている。

湊もまだナイロン素材のシャツを羽織ってはいるけども、ユイとは違って照れもせず堂々としていいるのでむしろカッコ良くさえ見えてしまう。

「ほら、片桐も何とか言ってやんなよ。ユイの水着姿見たいでしょ？」

「いやでもそれは本人が嫌がってるなら無理矢理迫るものでも……」

「うちはあんたが見たいかどうかを聞いてるんだけど？」

「それは……」

男らしく答えなさいと意志のこもったジト目を送ってくる湊に根負けして、後ろ頭を掻きながら砂浜に視線を落として呟く。

「……そりゃあ見たい、けど」

俺の返答を聞いたユイが息を呑んで顔を赤く染めると、困った視線を迷わせてから泣きそうな声でささやいた。

「それは……意地悪ですよ、湊さん……」

力の入ってない抗議を呟きながら、諦めたような溜息を吐き出してぎゅっと眉根を寄せる。

それから意を決したように丸めていた背中をゆっくりと伸ばすと、視線を砂浜に向けたままラッシュガードのジッパーに白い指先を掛けた。

ごくり、と自分の喉が鳴る音が聞こえる。

ユイが細い肩をゆっくりと上下させると、砂浜に顔を逸らしたまま、ジジジと焦れったくチャックを下ろしていく。

金属が擦れる音を微かに響かせながら、ゆっくりとユイの身体を隠していた白いパーカーが開いて解けていく。

今まで見たことのない女の子としてのユイの色っぽい仕草と表情に、何も考えられないままただただ見惚れてしまう。

そしてユイの指がジッパーを下ろし切ると、するりと微かな音を立ててラッシュガードの下から白い肌が太陽の下に淡く照らし出された。

「………ユイ」

それは、言葉に言い表せないほどに綺麗だった。

胸元に可愛らしいフリルがあしらわれたトップスと、スカート付きのフェミニンなショートパンツタイプの水着。

細い首筋から華奢な鎖骨のラインと、きゅっと引き締まりながらも女の子らしい柔らかさを感じさせる腰回り、すらりと伸びた長い腕と脚。

紺色をベースにしたシンプルな花柄の水着がまだあどけないユイの可愛らしさと大人っぽさを上手に包み込んでいて、健康的でしなやかな身体つきを一層に眩しく栄えさせる。

そして肌を見せることを恥じらって細められた、潤んだ青い瞳。

初めて目の当たりにする溢れ出たユイの女らしさに、抗うことも出来ずただただ純粋に見惚れてしまっていた。

「……I'm embarrassed...（恥ずかしいよ）」

ユイが自分の身体を両手でそっと抱きながら、波の音にさらわれてしまいそうなほど小さな声で呟いた。

その鈴の音色のような美しい声と煌めく木漏れ日に彩られた水着姿は、まるで一枚の絵画のように美しい情景で、息をするのも忘れて魅入るしか出来ない。

完全に思考も停止して固まっている俺を湊が肘でちょんと突つく。

「ほら。せっかくユイが勇気出したんだよ。あんたも言うことあるでしょ」

「あ、ああ……」

ぎりぎりのところで湊の言葉が耳に入って来て何とか返事をする。

ユイが俺の言葉に応えて見せてくれた水着姿。

素直な一言を、見たままに思ったままのことを言えばいい。

たったそれだけのことなのに、その言葉が見つからずに真っ白になったままの頭を無理矢理に動かして必死に言葉を探して考える。

「……めちゃくちゃ、綺麗だ……」

必死に考えた末、どんな美辞麗句を並べても違う気がして。

ただただ俺の心に浮かんだことを素直に言葉にしてユイに伝える。

「夏臣……」

ユイが自分の身体をぎゅっと抱き締めると、身体から力が抜けるように膝を抱いて砂浜の上にしゃがみ込んだ。

「嬉しい……すごく、嬉しいのに……どんな顔すれば良いか、わかんないよ……」

真っ赤に染まった顔を両手で隠しながら長い長い溜息を吐き出して、絞りだすような掠れた声でユイがそう呟く。

「よしよし、良く頑張った良く頑張った。ユイの努力は片桐に伝わったからもう大丈夫だよ」

湊が満足げにうんうんと頷きながらユイの肩にラッシュガードを掛けてあげると、子供をあやすようにユイの肩を抱きかかえて頭をぽんぽんと優しく撫でる。

「ふぇぇ、湊さぁん……！　がんばった、私がんばったよぉ……！」

「よしよし、ユイは頑張ったよー、えらいえらいー」

さっきまでの緊張感がぷっつりと切れて、湊がくすくすと笑いながらユイをあやす。

その様子を見てやっぱりユイはユイなんだよなぁと俺の方も肩の力が抜ける。

そこへ浮き輪やらボールやらイルカボートやらを両手いっぱいに抱えた慶が戻って来て、眉をひそめながら俺に向かって首を傾げた。

「何だこれ？　どういう状況だ？」

「ユイがめっちゃ頑張ったっていう状況」

「ヴィリアーズ嬢が？　頑張った？　ん？」

一人取り残されてしまっていた慶がさらに大きく首を傾(かし)げた。

「よーし湊。今日は波もないし、久しぶりに沖の岩場まで競争でもするか？」

「仕方ないね、たまには慶に付き合ってあげるよ」

慶と湊が水中用のゴーグルを付けると海に向かって勢い良く走り出す。

数歩ほどじゃぶじゃぶっと波打ち際(なみうちぎわ)に足を突っ込むと、そのまま海に前のめりに飛び込んで水飛沫(みずしぶき)を上げながら入り江の外に向かって豪快に泳いでいく。

全力で海を楽しんでる二人の背中を眺めながら、俺はビーチパラソルの下にあるクーラーボックスから良く冷えたペットボトルを取り出した。

「ユイは緑茶でいいか？」

「あ、うん……ありがと……」

隣のビーチチェアの上で未だにパーカーを羽織ったまま、膝を抱えて丸くなっているユイにお茶を手渡す。

パーカーの前こそ閉めてはいないけども、やっぱり水着姿はまだ恥ずかしそうで赤く染まったままの顔を俯けている。

時折ちらっと俺の方を見るが、すぐにまた慌てて砂浜に視線を落とす。

前にユイの部屋の風呂を借りた時、俺が上を脱いでる現場にユイが入って来て顔を真っ赤にして慌てていたこともあったけど、どうやら俺の水着姿にもまだ慣れないようだった。

入り江に吹き込んで来る柔らかな風と穏やかで心地好い波音に包まれながら、誰もいないプライベートビーチをのんびりと眺めて口を開く。

「まさかこんなお礼をされるなんて思わなかったな」

「うん、ほんとにびっくりした……」

「ユイは泳げるのか？」

「得意ってほどじゃないけど、普通には……」

羽織ったパーカーを揺らしながら、もじもじと指先を絡めてユイが答えてくれる。

入江から泳いで出て行った慶と湊が上げる飛沫もだいぶ小さくなって、二人の姿もかなり遠くの方まで離れていた。

なのでお互いに水着で貸し切りの砂浜に二人きり。

二人きりのことなんかいつものことなのに、場所と服装が違うだけでやたらと無防備な感覚で照れ臭い。

（……でも、嫌な感じじゃないよな）

お互いにまだ照れ臭さとか恥ずかしさが強いだけで、どうしたら良いのか分からないような居たたまれない空気じゃない。

まだ俺もユイも普段通りとは言えないけど、でも少し前だったらこんなに無防備で近くにいられなかった気がするし、こんな風にユイを感じられてるだけでも十分に嬉しい。

「無理はしないでいいからな」

「……え？」

ぽつりとこぼした俺の言葉にユイが顔を上げてこっちを向く。

「ユイの水着姿、見たいって言ったけどさ。でもユイがまだ心の準備が出来てないなら、無理させたくないから」

正直なところはやっぱり見たいと思う。

でもやっぱり俺が無理にユイの手を引っ張りたくはないから。

俺が好きになったのは自然体のユイだからこそ、ユイが望まないことに手を引きたくないし、背中を押したくもない。

いつかまたこうやって遊びに来れることもあるだろうし、その時にはきっともっと強い信頼関係が築けていると思う。

だから無理はしないでいいという気持ちを込めてユイに笑いかける。

「夏臣……」

ユイが羽織ったパーカーをぎゅっと抱き寄せながら、また視線を砂浜に落とす。

「それにパーカー着たまま海に入ってもいいんじゃないか？　深いところで泳ぐのは危ないけど、浅いところで遊ぶ分には全然大丈夫だろうし」

水着もラッシュガードもどうせ後で洗うものだ。

きっとこのままだったら、ユイは自分のせいでみんなで楽しく遊べなかったと後で気にしてしまうと思う。

だったら上着を着たままで遊べる範囲で十分に海を楽しませてもらえばいい。

「念のため俺もそばにいるしさ」

「でもそれじゃ夏臣が……」

「俺は海で遊びたいんじゃなくて、ユイと遊びたいだけだから何も問題ないしな」

「夏臣……」

素直な気持ちを笑いながら口にすると、申し訳なさそうに曇らせていたユイの目がゆっくりと丸くなる。

それから困っているような、喜んでいるような、そんな笑顔でユイが優しく瞳を細めた。

（ああ、やっぱりユイは最高に可愛(かわい)いな……）

ようやく見せてくれたユイらしい微笑(ほほえ)みを見て素直にそう思う。

「……私ね。水着を買いに行った時、すごく迷ったんだ」

背中を丸めて、立てた膝の上にあごを乗せながら、ユイが優しい笑みでそう口にする。

「迷った？」

「うん。夏臣はどんなが水着が好きなのかな……って」

少しだけ恥ずかしそうに微笑みながら隣の俺に視線を向ける。

「その時はこんな風に夏臣の前で着ることになるなんて、思ってもいなかったけどね」

眉尻を下げながらくすくすと笑い声をくすぶらせた。

「それって……」

それはつまり今ユイが着ている水着は、俺のことを考えながら選んでくれたってことで。

俺に見せる予定ではなくても、俺の前で着ることを考えながら買い物をしてくれてたってことで……。

完全に予想外だった特大の不意打ちに、今度は俺の方が顔を赤くして俯いてしまう。

隣からまたくすくすと楽しそうな笑い声が聞こえて来る。

まだ熱の引かない顔を上げると、隣からはユイがいつも通りの笑顔を向けてくれていた。

そして抱えていた膝を伸ばして、ゆっくりとビーチチェアから立ち上がる。

「だから私も、夏臣と一緒に海で遊びたいから……」

そう言って羽織っていたラッシュガードに手を掛ける。

意を決したように小さく頷くと、するっと音を立てて脱いだラッシュガードをビーチチェアの上に置いた。

「だから、無理なんかじゃないよ」

まだ頬の赤みを残したまま、でもしっかりと俺を見ながら優しく微笑んでくれる。

ユイがそっと白い左手を俺に向かって伸ばすと、お揃いで付けているチェーンブレスレットが木漏れ陽を反射して煌めく。

「エスコート、してくれる？」

それは今日一番に可愛らしい笑顔。

ユイ自身の恥ずかしさを越えて微笑みかけてくれる、最高に愛おしい笑顔だった。

（ああ、俺……やっぱりユイが好きだな……）

こんな笑顔を見せてくれるユイが心の底から愛おしくて、胸の奥が甘苦しくぎゅうっと締め付けられてしまう。

俺もゆっくりとビーチチェアから立ち上がると、ユイの差し出してくれた左手を取ってそっと握り返す。

左手首にあるお揃いのブレスレットも返事をするように木漏れ陽を弾いて煌めいた。

「ああ。しっかりとエスコートさせてもらうよ」

「ありがと。よろしくね」

何だか可笑しくなって照れ笑いを浮かべながら、それでも今度は視線を外さずにお互いの顔をしっかりと見つめ合って頷く。

その手を繋いだままビーチサンダルを脱いで、二人で波打ち際から少しずつ海の中へと足を踏み入れて行く。

「わ、わ……！　すごい砂がさらさらで気持ちいい……！」

「急に深くなったりはしてないみたいだけど、慣れるまでは十分気を付けてな」

二人で冷たい海にはしゃぎながら、手を繋いだまま海面にゆっくりと浮かんで空を見上げる。

「ほんと世話が焼けるね、あの二人は」

「まったくだ。そこが可愛いんだけどな」

入り江から少し離れた沖にある岩の上に座りながら、二人の様子を見守っていた湊と慶が溜息交じりに笑い合う。

「じゃあオレも湊を岸までエスコートしてやろうか」

「へぇ、このタイミングでそんなこと言ったら冗談じゃ済まないよ？」

「オレが冗談でこんなこと言うわけねーだろ」

「くす、それならエスコートさせてあげよっかな」

そんな軽口を言い合いながら、湊と慶も浜辺の方にいる二人と同じように手を繋ぐと、声を出して笑い合っていた。

◇　◇　◇

「夏臣、湊さんがコンロの炭は足りてるかなって言ってるけど大丈夫？」

「ああ、もう火力もだいぶ安定したし大丈夫そうだ」

トングでバーベキューグリルの中の炭の位置を調整しながら、隣から俺の手元を興味津々に覗き込むユイにそう答える。

顔を上げると海と空はもう橙色に染まっていて、入り江の中も穏やかな夕陽に優しく照らし出されて昼間とはまた違う神秘的な情景を映し出していた。

あれからはみんなで貸し切りの海水浴をめいっぱいに楽しんだ。

浮き輪で浮いてるだけでもめちゃくちゃ気持ち良かったし、シュノーケルで眺める海の中も見惚れるほどに綺麗だった。

何よりこんなに近くでユイのはしゃいだ笑顔が見れることが最高で、人生の中で一番の夏の思い出だと言えるくらいに楽しませてもらった。

陽が傾き始めた頃に海から上がると、湊が晩御飯にバーベキューを用意してくれているとのことだったので、晩飯の準備くらいはやらせてもらおうと率先して働かせてもらっている。

バーベキューとなると家での自炊には縁がない料理だけども、この時期になると料理動画などで見かけることが多いので、調理も問題なく進められた。

普段から色々と見ておくに限るなと実感しつつ赤くなった炭の位置を均していく。

「バーベキューなんて初めてだからすっごく楽しみ～」

俺の隣でユイがわくわくしながら煌々と赤く燃える炭にはしゃいだ声を上げる。

海から上がって軽くシャワーを浴びると、Tシャツにステテコ、ビーチサンダルのレンタルサービスまで完璧で、ユイもすっかりリラックスしたいつもの笑顔を見せてくれていた。

「ん？　どうしたの？」

「いや、良い顔してるなと思って」

「良い顔？」

ユイがきょとんとした顔で首を小さく傾げる。

その無防備な仕草がまた愛らしくて、俺も自然に笑い声がこぼれてしまう。

「じゃあ次はユイお待ちかねの串打ちだな。手伝ってくれるか？」

「もちろん。夏臣のアシスタントは私だからね」

満面の笑顔で頷いてくれるユイと炊事場に並んで、湊が用意してくれた食材たちの大きさを揃えるように一口サイズにカットしていく。

そして切り揃えた食材たちを、パプリカ、牛肉、ピーマン、ナス、牛肉、しいたけ、玉ねぎ、牛肉、と肉を多めに挟みつつ食材が外れないように鉄串に通していく。

鉄串自体が持ち手付きの三〜四十センチくらいある立派な串なので、これだけでめちゃくちゃ見栄えがして美味しそうに見える。

トウモロコシなど火の通りにくいものは輪切りにして串の脇で焼くことにして、味付けは小細工無しの塩胡椒を振ってから仕上げに焦げ防止のオリーブオイルをまぶす。

「うわぁ……！　すごい、これだけで美味しそう……！」

我が家のクーデレスラならぬ食うデレラが感嘆の溜息を漏らす。

まさに豪快なバーベキューと言った感じで、ユイでなくても食欲をそそられてしまう。

テンポよく串打ちを終えてグリルの前に戻ると、両手に飲み物を持った湊と慶もそこへやって来て目を丸くした。

「うわ、めちゃくちゃ美味しそうじゃん。片桐、あんたやっぱすごいわ」

「だから夏臣を嫁にもらえる人は幸せだって、日頃から言ってるだろ」

慶がけらけらと笑いながら薄オレンジ色の中身が入った大きめのプラスチックのコップを手渡してくれる。

ありがたく中身を傾けると、爽やかな柑橘の香りが鼻孔をくすぐって、色んな果物が混ざり合った絶妙な甘味と酸味が身体に染み渡る。

「何だこれ、めちゃくちゃ美味いな……！」

「シンデレラっていうフルーツカクテルだよ。ね、湊さん」

何故かユイが得意げな笑顔で満足そうにコップをくぴくぴと傾ける。

「ノンアルカクテルだけど、せっかくだから気分だけでもね」

「食い物は夏臣には敵わないけど、飲み物はオレたちも負けてられないからな」

ブルーオーシャンのバーテンダー二人がコップを持ち上げてコツンとぶつけ合う。

「そうだったな。したら飲み物は頼むよ」

「わ、私はその……片付けとか頑張りますので……！」

何やら仲間外れ感を感じたらしいユイが、両手をぐっと握って必死に自分の仕事場をアピールする。

「ユイは今日のＶＩＰなんだからにこにこしてればいいよ」

「いえでも、そういうわけにはいかないですし……」

湊が楽しそうにユイのほっぺたをふにふにと摘まみながら笑い声を漏らす。

「湊はヴィリアーズ嬢と友達になれてほんとに良かったよなぁ」

「ユイもきっと藍沢と友達になれて同じこと思ってるよ」

同じことを考えていた慶と、仲睦まじい二人を眺めながらコップを軽く当てる。

「じゃあそろそろ焼いてくからなー」

他の三人にそう言って、串打ちした食材たちをバーベキューコンロいっぱいに並べていった。

◇　◇　◇

「ん～、美味(おい)し～っ！　すっごく美味(おい)しいですね、これ！」

「おお、マジで美味いなこれ！　めっちゃバーベキューっぽい！」

香ばしく焼けた牛肉を口いっぱいに頬張りながら、ユイと慶が感激の声を上げる。

「次もすぐ焼けるから遠慮なく食べてくれ」

グリルの網におかわり用の油を塗りながら、夢中になってかぶりつく二人にそう伝える。

「ほんとに美味(おい)しいねこれ。焼くだけだからこそ片桐(シェフ)の腕の見せ所？」

「いいや、藍沢の用意してくれた食材とグリルの火力のお陰だな」

実際に俺がやったことは食材の火の通りを考えて大きさを切り揃(きそろ)えた程度で、味付けはシンプルな塩胡椒(こしょう)のみ。

だからこれが美味(おい)しい一番の理由は、湊が用意してくれていた新鮮な野菜と良(い)い肉であることは間違いない。

それにこんなに最高のロケーションならなおさら美味(おい)しくも感じる。

基本的に予約で埋まってるって言ってたし、俺たちみたいな学生じゃ逆立ちしても出せる金額じゃないんだろうなとは簡単に予想出来た。

改めて湊に感謝をしつつ俺も鉄串にかぶりつくと、野菜の甘さと肉のジューシーさが最高で俺も思わず唸(うな)ってしまう。

「どう、少しはお礼になった？」

「もらい過ぎて恐縮するくらいにな」

「水着姿のユイ可愛(かわい)かったでしょ。うちに感謝してよ」

「ああ、めちゃくちゃ感謝してる」

「すけべ」

「そういう意味じゃないって分かってて言ってんだろ」

「あはは」

そんな冗談を口にしながら湊が遠慮なく大きな笑い声を上げた。

今日一日で湊ともずいぶんと仲良くなれた気がする。

あまりに豪華すぎるお礼で恐縮だけども、でもお陰様でまたユイと一歩近づけたし、新しく可愛(かわい)い一面も見れたし、こんな綺麗(きれい)な景色まで見せてもらえて感謝しかない。

今後も折りを見て俺に出来る範囲でまたお返しをしていければと思う。

「うちもすごい楽しかったから、またみんなで来ようよ」

「もちろんありがたく。ただ今度はちゃんと言ってくれると助かる」

「もうサプライズにしなくてもユイも片桐も来てくれるだろうしね」

にっこりと目を細めながら湊が鉄串にかぶりつく。

確かに荒療治ではあったけど、でもこんなことでも企画してくれなかったらユイの水着姿なんて見られる機会はなかったと思う。

最初はどうなることかと思ったけど、こんなにも楽しい時間を過ごさせてもらえることになるとは思いもしなかった。

あの時に慶がピアノ奏者として頼ってくれたことが湊との出会いになって、こんな道にまで繋がったと思うと感慨深くて友達の大切さを改めて実感する。

「夏臣、おかわり焼いてもいい？」

空になった鉄串を持ったユイが、笑顔を咲かせて俺たちの前にやって来る。

そんな天真爛漫なユイを見て湊と顔を見合わせると、思わず同時に笑ってしまう。

「え、なになに？　どうしたの？」

「ううん何でも。ユイは今日のお礼、楽しんでくれた？」

「はい、とっても。すごくすごく素敵なプレゼントでした」

ユイが満面の笑顔を咲かせながら、ためらうことなく湊に大きく頷いて見せると、湊も嬉しそうな笑顔でユイに大きく頷き返す。

『またみんなで』

湊が言ってくれた何気ない約束がやけに嬉しくて、俺も二人の笑みに釣られて口元が緩んでしまう。

「湊ー、飲み物って中の冷蔵庫にまだあったっけ？」

「あ、ちょっと待って。うちも付き合うよ」

湊が軽く手を振りながら、慶に続いて一緒に別荘の方へと歩いて行く。

今まで知らなかったけど、慶と湊の仲の良さを見ていると何だかこっちまで嬉しくなる。

（……二人が俺たちの世話を焼いてくれるのもこんな感じなのかもな）

そんなことを想いながら食べ足りなさそうにしてるユイに振り返る。

「じゃあ今の内におかわりを焼いとくか」

「うん、お願いします」

仕込んであった鉄串をまたコンロの上いっぱいに並べていくと、炭火で炙られた食材たちからじゅわっという音と共に香ばしい香りが立ち上がる。

さっきよりも少し暗くなった夕空の下で、赤く煌々と燃える炭にユイの優しい微笑みが淡く照らし出されていた。

「私、日本に来て本当に良かったなぁ……」

噛み締めるようにユイがぽつりと呟く。

柔らかく揺らぐ火で照らされる横顔には穏やかで優しい微笑みが浮かんでいた。

その幸せそうな笑顔を見ていると、愛おしいという気持ちが胸の奥から込み上げて来る。

ユイが今までつらい思いをして来た分、これからは色んな幸せをあげたい。

もうユイが作り笑いなんてしないで済むように、俺がユイを守ってあげたい。

決意にも似たそんな気持ちが心の底から強く込み上げて来る。

「旅行、楽しみだね」

「ああ、楽しみだな」

穏やかな波の音に包まれながら幸せそうに瞳を細めるユイに、俺も出来る限りに笑いながら頷いて応える。

薄っすらと暗くなり始めた夕空には、気が早い星たちが少しずつ瞬き始めていた。

5章　愛しさと曖昧さと誠実さと

I spoiled
"quderella" next door
and I'm going to give her
a key to my house.

「そろそろ旅行の予定を立てないとだな」

晩御飯の片付けも終わった後、いつもの俺とユイの自由時間。

相変わらず俺のノートパソコンで猫動画を見てメロメロになってるユイにそう声をかけた。

もう夏休みに入って一週間ほどが経過。

教会のバイトは夏休みのお陰で職員も学生も人手が足りているので、こちらから希望しない限りは特に声掛けはなく、俺とユイは二人でのんびりと休みを満喫していた。

特に出掛けるとかではないけども、普段は出来ない部屋やキッチンの大掃除をしたり、仕込みに時間のかかる料理をしてみたり、新しい料理を勉強する動画を一緒に見ていたり。

夏休みの課題をとっとと終わらせようと一緒にやったりして、普段と変わらない生活をしつつも休みだからこそ出来ることをして過ごしていた。

そしてスマホのカレンダーを見ると、いよいよユイと予定していた箱根旅行も来週。

この間に行った海の時も思ったけど、やっぱり行く以上は二人の良い思い出にしたいし、ユイに行って良かったと言ってもらいたい。

記憶すらもあやふやな子供の頃に行った家族旅行を除くと、旅行なんて中学の修学旅行くらいでしか行ったことがない。

なのである程度の予定をちゃんと決めておけば、大失敗をすることもないのではと思いながらユイを見る。

「えっと……旅行の予定って？　宿の予約したの来週だよね？」

ユイがきょとんとした顔で首を傾げる。

「いや日程はそうだけど、どこ行って何するとかそういう予定」

「あ、そっか、ごめん……私、旅行したことないからそういう段取りに慣れてなくて……」

俺の言ってることを理解したユイが恥ずかしそうに肩を丸める。

時々見せるこの天然っぽいところも可愛い。

「俺も初旅行で楽しみだから、ちゃんと予定立てた方がいいのかなって思って」

「もちろん私もすごくすごく楽しみにしてるんだけど……夏臣と旅行ってだけで満足しちゃってたから……」

小さな肩を丸めたまま、ユイが頬を赤くしてストレートに可愛いことを言ってくれる。

海の時も思ったけど、最近のユイは好意的なことを素直に言ってくれるようになった……ような気がする。

俺も浮かれてるせいで受け取り方が変わった部分もあるとは思うけど、とにかく以前にも増してさらに可愛く見えて仕方がない。

でもユイの返事を聞いて、ちょっと力み過ぎていた自分に気付く。

「いや、俺もちょっと気負い過ぎてたな」

苦笑しながら頬を掻く俺を見てユイがぱちくりと瞳を瞬かせる。

ユイとの旅行を良い思い出にしたいのは本心だし、ユイに喜んでもらえるような旅行にしたいというのは間違いない。

でも失敗したくないっていう気持ちが前に出過ぎていて、ユイと一緒にいられるだけで楽しいっていう大事なことを見落としてしまっていた。

それを忘れて予定の方を気にしてしまっていた自分を反省する。

「じゃあ、一緒に予定を考えてくれるか」

「うん。私もその方が嬉しい」

改めてユイにそう伝えると、ユイも笑顔でそう応えてくれる。

（一緒に旅行に行くってことは、こういうところから始まってるんだな……）

少し前までの距離感なら察してあげることが優しさっていうこともあった。

でも今は二人で一緒に話をして、一緒に考えることの方をユイは喜んでくれる。

旅行に誘うか誘わないかで悩んでた時に分かっていたはずなのに、つい失敗繰り返してしまう申し訳なさと、前とは違う近い距離感が嬉しくて素直な笑みをユイに向けた。

「じゃあ旅行に持って行く荷物から調べてみるか」

「そうだね、一緒に確認すれば安心だし」

そう言ってユイが猫動画を停止すると、検索ウィンドウに『初旅行』、『準備』と打ち込んで二人でノートパソコンの画面を覗き込む。


『彼氏との初旅行の準備リスト』

『彼氏との初のお泊まり旅行で準備すべき持ち物と、夜の過ごし方』

『彼氏との旅行！　持ち物は？　恋人の期待に応えるために準備すべきことは？』


二人ともパソコンの画面からサッと顔を逸らした。

画面には俺たちが望んでいた検索結果ではなく、『恋人同士の初めてのお泊まり』的な記事が画面いっぱいに並んでいる。

今回の旅行に際してはあえて触れないようにしていた話題が、避けようもなく思いっきり俺たちにぶつかって来て一気に気まずい空気が流れてしまう。

「そ、そういえば修善寺のホームページに周辺の観光案内とかあったよ！」

「じゃあそこで周りに何があるか見てみるか！」

ユイが気まずさに顔を赤くしながらも精一杯の笑顔で頑張ってくれたことに乗っかって、俺もすばやくサッと検索画面を閉じる。

改めて『修善寺』、『観光』と打ち込んで公式の観光情報へとアクセスすると、今度は自然あふれる綺麗(きれい)な見どころが画面に並んだ。

「すごく自然豊かで綺麗(きれい)なところみたいだし、すごく楽しみだね」

ユイがまだ少し照れを残しつつも、空気を変えようと笑顔を見せてくれる。

(こういうとこ、ユイも変わったよなぁ……)

出会った頃は自分の気持ちをごまかすための苦笑いをすることも多かった。

でも今は二人のために空気を変えようとして笑顔を浮かべてくれている。

異性として好きな相手と二人きりで旅行と言ったら、『普通』はさっきの検索結果みたいな話が当たり前なんだと思う。

俺だって一般的に年頃と言われる男だし、ユイに対してそういう気持ちが完全にゼロかと言われたらそうだとは言えない。

でもそんなことは絶対になしにしてでも旅行に行きたいと思ったし、今このタイミングでわざわざ口に出してもユイを困らせるだけだ。

それならこのまま二人で触れずにいれば何も問題は起こらない……と、さっきまでなら思っていたけども。

「……ユイ。ちょっと聞いてくれるか」

隣のユイに姿勢を正して真っ直ぐに目を見る。

「どうしたの、急に」

「いや、旅行に行く前にやっぱりちゃんとユイに話さなきゃと思ったことがあって」

俺がそう口にすると、ユイが少し緊張に顔を強張らせながら姿勢を正して聞く態勢を作ってくれる。

ひとつ深呼吸をして意を決すると、ゆっくりと飾らない言葉で自分の気持ちを口に出していく。

「俺も男だからさ。ユイのことはすごく可愛いと思ってるし、人として好きだし……その、女の子としても十二分過ぎるほど魅力的だと思ってる」

「…………えっ？」

ユイが呆気に取られたように唇を少し開けたまま、白い頰がぽっと赤く染まる。

「えっ……！　えっと……それは、その……!!　い、一体どういう意味で仰っていらっしゃるのでありますでしょうか……!?」

めちゃくちゃに視線を泳がせながら、日本語が怪しくなるほど動揺してるユイを見て、まるで自分が告白してるかのような状況に気付いて俺の顔も熱くなる。

「あ、いや、悪い……！　その、今のは別に告白とかじゃなくて、聞いて欲しい話の前提っていうか……!!」

「う、うん、わかった……!! ぜ、前提ね……!? 前提って話で……!!」

言い訳にもなってない言い訳をしながら、混乱してるユイと一緒にゆっくりと深呼吸を繰り返して「んんっ」と大げさに喉を鳴らして間を整え直す。

ユイも顔を赤くして困りながらも、それでもちゃんと目を逸らさずに俺を見てくれている。

「その、ユイのことはそのくらい魅力的に思ってるけど……でもそれ以上に、俺はユイのことを大事にしたいと思ってるから。だから男女としてのことは何も心配しなくていいっていうか、純粋に旅行を楽しんで欲しいってちゃんと言っておきたくて……」

「夏臣……」

ようやく俺の意図が伝わったユイが微かに目を丸くする。

正直なところ俺も男として好きな人に触れたい気持ちはあっても、この気持ちがどういうものなのかが分かってない。

ユイ以外にはそんなこと思わないので、やっぱり好きだからこそ触れたいんだと思う。

でも今はこういう気持ちを隠していることの方がユイを不安にさせてしまうと思うから。

「……だからこそ、ちゃんと話さないといけないいんじゃないかって」

ユイがさっきしてくれたように、お互いが笑ってうやむやにすることだって出来た。

でもそうやってごまかすよりも、今の俺たちならちゃんと話をしておくことの方がユイを安心させてあげられると思ったから。

「ユイが俺のことを信じてくれてるからこそ、曖昧にしないでちゃんと俺の正直な気持ちを伝えておきたくてさ」

何とか最後まで自分の胸の内を言葉にすると、長い溜息を吐き出しながら視線を落とす。

最初の切り出し方でだいぶぐだぐだになってしまったけども、ユイに伝えたいことは何とか言葉に出来たと思う。

俯かせていた視線の先で、ユイが左手のブレスレットをそっと握るのが見える。

「……ありがと、夏臣。いつもいつも私のことばっかり考えてくれて」

ユイの言葉で顔を上げると、優しく瞳を細めて真っ直ぐに俺を見てくれていた。

「上手く話せるか分からないけど……でも、私もちゃんと自分の気持ちを言葉にしてみるから。聞いてくれる？」

少しだけ恥ずかしそうにしながら、ユイが小さな笑い声をこぼして微笑んでくれた。

目を伏せてゆっくり細い肩を上下させると、しっかりと自分の気持ちを確かめるように頷いて顔を上げる。

「私、夏臣の前では自分でも子供っぽいなって思うんだ。私のカッコ悪いところも情けないところも、嬉しいことも楽しいことも、夏臣は全部受け入れてくれるから。だからありのままの自分が止められなくて……」

困ったように眉を下げながら、わずかに肩を竦めて見せる。

普段は見せないようなユイの茶目っけに、思わず俺も驚いて微かに目が丸くなる。

「でもね、本当に子供なわけじゃないから……分かってるつもり。クラスメイトの男の子と二人きりで旅行に行くっていうことが、どれだけ『普通』じゃないかって……」

ブレスレットに添えたユイの右手に少しだけ力がこもった。

それでもユイは優しい微笑みのまま、ゆっくりと自分の中の気持ちを確かめるように言葉にしてくれる。

「夏臣が私のことを大事にしてくれてるから……私が甘えてることを夏臣が『普通』にしてくれてるって分かってるけど……でもね。そこに甘えてでも私は夏臣と旅行に行きたいって思ってたんだ」

ユイが自嘲するような困った笑みを浮かべながら、それでもちゃんと俺から視線を外すことなく続けてくれる。

「まだ私には男女のことはよく分からないけど……でも、夏臣が正直な気持ちを言葉にしてくれた誠実さは、誰よりもちゃんと分かってるから」

大切なものをしっかりと抱き締めるように、ユイが柔らかい微笑みを向けてくれる。

「だから、その……ありがとう、で……いいのかな？」

慎重に言葉を選びながら、少し困ったように眉を下げて優しく微笑んでくれる。

自分の気持ちを伝えて楽になるのは自分だけで、もしかしたらユイの信頼を踏みにじって傷つけてしまう可能性もあった。

それでもユイはちゃんと話を聞いて、しっかりと受け止めてくれた。

少し前の関係だったらきっと、こんなことを話してもユイを困らせるだけだったと思う。

今だからこそお互いにちゃんと信頼関係に変えられた事を良かったと思うと、よりユイが愛おしく思えて堪らなくなってしまう。

「いや、俺の方がありがとう、じゃないか」

「あれ、そうなのかな？　いやでもやっぱり私の方が……ん～？」

ユイが左右に首を傾げながら真剣に悩む。

その愛らしい姿に俺が笑ってしまうのを見て、ユイも釣られるようにくすくすと声を漏らして笑ってくれる。

「じゃあ夏臣も私も、お互いにありがとうってことでいい？」

「そうだな、じゃあそうしようか」

俺もユイと同じ左手首に着けているブレスレットに手を添える。

きっとこれから何があっても、ユイとなら一緒に乗り越えて行けると、心の底からそう思いながらユイと一緒に笑い合う。

「急にごめんな。変な話を聞いてもらって」

「ううん。私は話してくれて嬉しかったし……その」

「その？」

「……話してもらえて……全然、嫌じゃなかったから……」

赤い顔を隠すようにユイが俯いて肩を丸めると、長い髪がさらっとユイの表情を隠す。

左手首のブレスレットをぎゅっと握り締めて、黒髪の隙間から覗いた耳がかあっと赤くなる。

「ひ、ひとまず観光してみたいところに目星つけよっか！　ね!?」

「お、おう、そうだな！　電車のルートとかも調べないとだしな！」

勢いよく赤くなった顔でまくしたてるユイに乗っかって、俺もスマホで勢いよく電車の経路を探し始める。

ひとまずユイが言っていたことは置いておいて一緒にパソコンで観光情報を見ていくと、まずは現状で行ってみたいところに大雑把な目星だけ付けておいて、細かくは現地に行ってからその都度で考えようという話で合意する。

それからお互いにそのままの勢いで、晩御飯の材料を買いに行くことにしたのだった。

◆　◆　◆

「で、旅行来週でしょ？　準備出来てるの？　足りないものはない？」

私と夏臣の旅行を心配したソフィーからのビデオ通話を取ると、開口一番にがーっとまくし立てられる。

「大丈夫だってば。私だって子供じゃないんだから。それに何時だと思ってるの、もう」

「お昼の三時でしょ」

「日本(こっち)は夜の十一時なの」

「あら、夏休みだからってあんまり夜更(よふ)かしすると美容に悪いわよ。ナオミに肌荒れてるなーって思われてもいいの？」

「夏臣はそんなこと言いませんー」

私の言い分をスルーして、しれっと追加されたソフィーからの小言を鮮やかに聞き流す。

整った容姿もさることながら、ソフィーはこういうマイペースな性格だからモデルなんて仕事で活躍出来るんだろうなあと思いながらも、一応はスマホに『夜更(よふ)かしは美容の敵』とメモをしておく。

「本当に心配しなくて大丈夫だよ。泊まるって言っても一泊だから荷物もほとんどないし」

「それでも心配に決まってるでしょ、私からすればまだまだ子供なんだし。普段からもっと私を頼ってくれてれば心配も要らないんだけど」

冗談半分、真面目半分のジト目がディスプレイ越しに向けられる。

ソフィーからはしょっちゅう国際郵便で色々な物が送られてくるし、留学関係の手配を全部してくれただけでもう十分に頼り切っているので、私にとってはこれ以上頼ることの方が難しい。

とは言えちゃんと真面目に心配してくれてるのは分かるので、私も妹として安心してもらえるように真面目にちゃんと答えた。

「大丈夫。初めての旅行で不安だけど、夏臣と一緒にちゃんと確認してるから」

今日は晩御飯の後に二人で観光名所も目星を付けたし、ホテルの予約も場所も、旅行に必要なものも確認したし、電車での乗り継ぎ経路もしっかりと確認してある。

着替え、スキンケア用品、髪留め、スマホの充電ケーブル、ハンドタオルなどの小物たちは、前日に迷わず用意出来るようにリストにしてスマホにメモも抜かりない。

夏臣はさらに何かあった時の薬とか、折り畳み傘とか、虫除けまで必要かどうか悩んでいて、意外と細かくて心配性な一面が見れたのがすごく可愛かった。

「さすがナオミね。大雑把なユイと違って頼りになるわ」

何故かソフィーが満足げにうんうんと頷く。

普段からちゃんとしようと心がけてはいるものの、私も自分が割と大雑把な自覚はあるのでそこは反論出来ない。

そもそも家事なんかろくにしたことがなくても日本に来ればどうにかなると思っていたし、食べ物なんて口に入れれば何でもいいと思ってたからこそ夏臣と出会えたので、今では大雑把な自分も悪くないかなと思えたりもしてるけど。

というか私からすると、夏臣とソフィーが気が細かく利き過ぎるとしか思えない。

「そういう自分とは違う視点の人が近くにいるのは、とても大事なことなのよ」

「違う視点？」

「考え方が違うってことは、それだけ物を見る角度が違うってことだから。だからユイには見えないものが見えてる人はつまり、ユイの見える世界を広げてくれる人ってことよ」

「確かに、そう言われたら……」

「でも考え方が違う人と一緒にいるのは難しいから。だから違う視点の人と仲良く一緒にいられるっていうのはとても貴重で大事なことなの」

そう説明されるとソフィーの言ってることがストンと腑に落ちる。

夏臣との出会いは私にとって本当に大きなことだったから。

こんなに私に深く踏み込んでくれた人も初めてだったし、こんなに優しくしてくれた人も初めてだった。

初めての恋に落ちてしてしまうほど、私の世界を広げてくれた人。

好きになっても好きになっても、もっともっと好きになってしまう人。

ソフィーの言葉を実感して、恥ずかしい気持ちよりも嬉しくて幸せな気持ちが胸から溢れて止まらなくなってしまう。

「ユイは本当に変わったわね。やっぱり恋をすると良い顔になるわ」

「えっ……？　それは、その……っ！」

ソフィーに恋心を指摘されて、思わずにやにやしていた顔が一瞬で崩れる。

あまりにもナチュラルに核心を突かれ過ぎて、ここで何て答えればいいのか分からずに固まってしまう。

「今さら隠さなくて良いわよ。好きなんでしょ？　ナオミのこと」

「あ……えっと、それは……その……はい……」

真正面から切り込まれて、歯切れ悪く肯定することしか出来ず俯いてしまう。

自分の恋心を自覚したのは花火の時だけど、ソフィーの口ぶりだと私はもう大分前から夏臣のことが好きだったのかもしれない。

私自身いつの間にか好きになってしまっていたので、外から見てたソフィーの方がそこは正しく把握している気がする。

「別に恥ずかしがることじゃないわよ、自然なことなんだから。それともナオミが好きっていう気持ちは胸を張れない程度の気持ちなの？」

「そ、そんなことない……！」

「だったら顔を上げなさい。人を好きになるのは素晴らしいことなんだから」

ソフィーがいたずらっぽく笑い声を漏らしながら、画面の向こう側で大きく頷いて見せる。

湊さんには胸を張って夏臣のことが好きって言えるのに、ソフィー相手になると何だかものすごく恥ずかしい。

　ずっと私のことを知ってるお姉ちゃんだからなのか、やたらと恥ずかしくてスマホのカメラに顔を向けられない。

「ナオミには感謝してもし切れないわね。私の可愛いユイを支えてくれた上に、恋まで教えてくれちゃうなんて」

「それは、うん……私も、そう思ってるけど……」

　遠慮のないソフィーの速度感について行けずまごまごしてる私を、画面越しにソフィーが指先でちょんと突いてから肩を竦める。

「いい、ユイ？　自分を好きになれない人は、誰かを好きになることも出来ないのよ。だから私はユイに好きな人が出来たことも、ユイが自分のことを好きになってくれたのも本当に嬉しいわ」

「ソフィー……」

　ソフィーの言う通り、私は私のことが好きじゃなかった。

　正確に言えばイギリスに行ってからは自分が嫌いで仕方なかった。

　上手く喋れないことも、上手く笑えないことも、友達が作れなかったことも、他人を信じられなかったことも。

　何を見ても色褪せて見えていて、何も出来ないままただ時間だけが過ぎて行って、それでも何も出来ない自分が嫌いで仕方がなかった。

でも日本に来て、夏臣と出会ってから少しずつ変われたから。

夏臣がそのままの私を受け入れてくれるから、思ったことを口に出来るようになった。

夏臣が笑ってくれるから、私も笑えるようになった。

夏臣がどんな私でも肯定してくれるから、私も自分のことを否定しないでいられるようになった。

夏臣のお陰で、私は私のままで良いんだと思えるようになった。

(私が夏臣のことを好きになったのは、夏臣が私自身のことを好きにならせてくれたからだったのかな……)

ソフィーの言葉が胸に沁み込んで来て、同時に夏臣への愛おしさで涙が溢れそうになってしまうのをぐっと我慢する。

「だから好きなことを恥ずかしがることなんかないのよ。その気持ちに胸を張りなさい」

「うん。ありがとソフィー。そう言ってくれて嬉しい」

こぼれてしまいそうな涙をパジャマの袖で拭いながらソフィーにお礼を伝える。

はぁと大きく深呼吸をすると、何だかすごく楽になって自然に穏やかな笑みが浮かんだ。

「まだまだ子供なんだね、私って」

「だからそう言ってるじゃない。ようやく分かってくれた?」

あはは、と電話越しにお互いの笑い声が重なった。

ずっと私のことを気にかけてくれてたソフィーとも、ここに来てようやくちゃんと向き合えたような気がする。

……いや、ソフィーはきっとずっと私のことを見てくれてて、私の方がようやくちゃんと向き合えるようになったんだ。

ソフィーの言う通り今更ではあるけども、本当に自分が変われたことが嬉しくて、ソフィーともっと話がしたいなぁと思って天井を見上げる。

「ね、ソフィーも誰かを好きになったことあるの？」

「あるわよ。じゃなかったらユイの応援なんて出来ないでしょ」

「そうなんだ。ソフィーはずっと恋人いないって言ってたから意外」

「恋人はいなくても誰かを好きになったことはあるわよ。今はもう素敵な思い出だけどね」

ソフィーがわずかに眉を下げて優しく目を細める。

私の憧れの女性像であるソフィーでも叶わない恋があったんだ。

それがどんな恋だったのかは分からないけど、でもそれをちゃんと受け入れて素敵な思い出と言えるソフィーが今の私の目にはとてもカッコ良く映る。

「イギリスにいた頃よりも、今の方がユイとちゃんと話が出来るようになるなんてね。ナオミにはほんと妬かされちゃうわ」

「そのチャンスをくれたのはソフィーだよ。今更だけど本当に感謝してる。Sophia, Thanks a lot.(ありがとう、ソフィー)」

「It was my pleasure, Yui.(どういたしまして、ユイ)」

さっきと同じように私とソフィーの笑い声が重なった。

画面越しに見えるソフィーの笑顔は今までで一番優しくて、自然で彼女らしい笑顔がすごく嬉(うれ)しい。

「まぁ初めての旅行を楽しんで来なさい。ただし、好きな相手とは言え節度は守ること。いいわね?」

「大丈夫だよ。夏臣はそんな人じゃないから」

さっきも夏臣が真摯に向き合ってくれたことを思い出して、その誠実さでにへらっと顔が緩む。

でも画面の向こうではソフィーが肩を竦(すく)めて溜息(ためいき)を吐き出した。

「ナオミは大丈夫よ。年齢の割に可愛(かわい)げないくらい出来たオトコだし、そこらへんは心配してないわ。私が心配してるのはユイの方よ」

「え? 私?」

ソフィーに言われてる意味が分からずに首を傾(かし)げる。

「いやだってあんた、結構勢いでいっちゃうタイプでしょ。だからナオミじゃなくてユイが心配で言ってるのよ」

「勢いって……えっ？　そんなことは……」

ソフィーの中では男の子の夏臣よりも私の方が心配らしく、頬杖を突きながらこれ見よがしな溜息を吐き出して指を向けられた。

そんなことはないでしょと思って、これまでの思い出を思い返してみる。

（確かに熱を出した時も、結構遠慮なく夏臣のこと触っちゃったりしてたかも……）

スキンケアしてあげた時も楽しくなって止められなくなっちゃってたし、花火大会の時も張り切って浴衣着て行ったのも私だし、海の時もラッシュガードを脱いで手を繋いだのも私からだったし……。

（……あれ？　確かに私からのアプローチ、多くない……？）

そう思うと小さな思い出たちも思い当たる節があり過ぎて、ソフィーに何も反論出来ずに前髪をいじりながら顔を隠した。

「まあそういうところもユイの可愛いとこだし、ユイにそれだけ好きになってもらえて嫌に思うオトコがいるわけないわ。そこは私が保証してあげるからしっかり自信持ちなさい」

「はぁ……まぁ、うん、ありがと……」

褒められてるのかダメ出しをされてるのか分からない感じで、ソフィーがふふんと満足げに鼻を鳴らす。

自信を持てと言われても、むしろ知らなかった自分と直面して参ってしまう。

(夏臣にも結構大胆な女の子とか思われてたら……)

いやまぁでもそこも含めて受け入れてくれてるわけだから……いいの、かなぁ……?

複雑な気持ちになりながら頭を抱えてしまう。

「ユイは計算も駆け引きもなしで素直なのが良いんだから、アレコレ考えないで節度を守るように」

「はい、出来るだけ善処したいと思います……」

応援してるのか制止してるのか分からない言葉に濁した曖昧な返事をする。

(ハッキリと言葉にしてくれるのがソフィーの良いところだけど、その分デリカシーがない時もあるから――)

と、思ったところでふと気付く。

「……あの、ソフィー?　もしかして、夏臣にもそんなこと言ってたりは……」

「あ、ごめんねユイ、マネージャーから着信だわ。それじゃまた連絡するから Bye(またね)♪」

「あ、ちょ……!　ソフィー……っ!!」

爽やかな笑顔で手を振るソフィーの映像が途切れて、画面には通話終了の文字が表示される。

それからがっくりと項垂(うなだ)れてスマホを枕元に落とす。

(これは夏臣にも同じようなこと言ったんだろうなぁ……)

今さらながら恥ずかしさが込み上げて枕に顔を埋めて足をばたばたさせる。

そしてすぐにスマホにソフィーからのメッセージ。

『ユイの初旅行のお土産も、夏臣との土産話も期待してるわ。いってらっしゃい』

悪びれのないソフィアらしい文面に思わず苦笑いが浮かぶ。

「もう……ほんとにマイペースなんだから……」

ひとまずブサネコの了解スタンプで返事をして、スマホを枕元に置いて部屋の天井を見上げる。

「……私、自制しないとダメなのかなぁ」

さっきの思い当たる節を思い出せば思い出すほど恥ずかしくなって来て、枕を顔の上で抱きかかえたままもう一度足をじたばたさせる。

ひとしきり悶えて暴れた後、ぱたんと足を投げ出して天井に長めの溜息を吐き出して呟く。

「でも、夏臣だって……ちゃんと笑ってくれてたもん……」

まだほとんど初対面の時に勢いで手作りクッキーをお返しした時だって。

イースター礼拝の打ち上げの帰りにブレスレットをプレゼント交換した時だって。

ウェディングドレスとタキシードでヴァージンロードを歩いた時だって。

スキンケアをしてみようって提案した時も。

衣替えの時にブレスレットは着けたままにしようって言った時も。

花火大会にサプライズで浴衣を着ていった時も。

旅行に行きたいとお願いした時だって。

（……自分のことながら、思い当たる節だけでも結構あるなぁ）

しみじみそう思いながらも、同じだけ夏臣が優しく笑ってくれた顔も思い出せる。

「……二人で楽しく過ごせれば、まぁいっか」

たくさんの微笑ましい思い出に包まれながら、細かいことはもう横に置いて一人ベッドの上でにへらっと顔を緩ませながらそう呟いた。

6章　だから、この奇跡は

I spoiled
"quderella" next door
and I'm going to give her
a key to my house.

そしてユイと旅行の予定を話した翌週。

ついに俺とユイに取って記念日と言っても差し支えない初旅行の日がやって来た。

スマホの時計は午前九時、天気は快晴。

関東圏は明々後日（しあさって）まで晴れ予報で、雨雲レーダーを見ても日本周辺に雨雲なし。

なので天気が崩れる心配はゼロを確認してスマホをポケットにしまう。

「荷物は大丈夫か？　忘れ物はないな？」

「夏臣（なおみ）ってば本当に心配性なんだから。大丈夫だよ、昨日だってちゃんとリスト見ながら確認したし」

ユイが自分の部屋の玄関に鍵を掛けながら、俺の心配性っぷりを困ったように笑って返事をしてくれる。

今日のユイは大きなリボンのついたオシャレな麦わら帽子（ストローハット）に大きめの白いトートバッグを肩に掛けた一泊旅行仕様で、普段と少し違う服装がこれからの旅行に特別感を添えてくれていて可愛（かわい）らしい。

俺はいつも通りの服装に、帰省する時に使う小さめのボストンバッグを斜めに掛けている。

それから大事なものだけもう一度持ち物を最終確認。

心配性だと何度言われても気になるものは仕方ない。

全てはユイとの旅行を楽しく終えたい一心からだし、準備をしてし過ぎということはないと思うのでこれは俺の性格だ。

そして二人でマンションの廊下から晴れ切った青空に目を細めて頷き合う。

「じゃあ、行くか」

「うん、行こう」

笑顔でそう言葉を交わすと、ずっと楽しみに待っていた旅行へと足を踏み出した。

◇　◇　◇

目指す目的地は静岡県の伊豆市にある修善寺駅で、ルート検索によると三時間弱で到着する予定だ。

まずは俺とユイの最寄り駅から京浜急行で横浜へ十分ほど移動して、そこからＪＲ東海道線に乗り換えて熱海を経由して三島駅へと向かう。

特急を使った早いルートもあったけども、さほど到着時間も変わらなかったので交通費を抑えるためにＪＲでの経路を選んだ。

電車移動が三時間は長いかなと思っていたけども、ユイと一緒に流れていく車窓からの景色を眺めてるだけでも退屈しないし、何よりこの移動時間もユイとの旅行の一部だと思うとむしろ楽しい時間だった。

三島駅に到着すると、伊豆箱根鉄道に乗り換えて約三十分ほど揺られて終点の修善寺駅。

そこから今回の旅の目的地である『修善寺温泉行き』のバスに乗って約十分ほど山道を登ると、ついに目的地である修善寺温泉駅にバスが停車した。

「着いたな、修善寺」

「うん、無事に到着したね」

まばらな乗客たちに続いて一番最後にバスを降りると、修善寺に着いたことを改めて確認するようにユイと顔を見合わせて笑顔で頷き合う。

周りを見渡すと背の高い建物がなくて空が高い。

自然に囲まれた修善寺の空気を胸いっぱいに吸い込んでみると、横浜とは違う澄んだ空気と微かに香る緑や土の匂い。

気温にそこまで差があるわけではないはずなのに、標高のせいか涼しげな空気が流れていて、ああ遠い場所まで来たんだなと旅行の実感が湧いてくる。

「すごいね。知らない場所に来ちゃった」

「そうだな、旅行って感じがするな」

バスターミナルを出て川沿いをゆっくりと歩いて行くと、ユイが修善寺の街並みを見回しながら楽しそうに声を弾ませる。

「なんだろう、すごく気持ちのいいところだね」

「ああ、分かる。なんかすごくいいよな」

夏休みの観光地とは言え平日だからか、人が少なくて落ち着いた静かな街並み。

街中を通っている川のせせらぎも相まって、『伊豆の小京都』とも呼ばれる情緒のある街並みの雰囲気がとても心地好い。

普段とは違う旅行用のオシャレをしてはしゃいでいるユイもめちゃくちゃ可愛らしくて、答える俺の声も思わず明るく弾んでしまう。

スマホを見ると昼の十二時を過ぎたところ。

ホテルはここから歩いて十分もかからない距離なので、チェックインの四時までゆっくり観光をしながらどこかで昼食を食べる予定にしている。

「お二人さん、こんにちは。旅行ですか？」

道沿いの土産屋の中から、店員のおばあちゃんに声を掛けられて足を止める。

「はい、私たち初めての旅行なんです」

「まぁ初旅行に修善寺を選んで下さってありがとうございます。失礼ですがお嬢さんは外国のご出身ですか？」

　ユイの整った顔立ちと青い瞳を見て、おばあちゃんがにこにことしながら尋ねて来る。

「はい、母が日本人で父がイギリス人でして」

「そうですか、そうですか。どうりでとても綺麗な瞳をされていると思いました。ぜひこの街をお楽しみ下さいませ」

　本当に心から歓迎してくれるように、おばあちゃんが俺たちに向かって丁寧にお辞儀をしてくれた。

　せっかく声を掛けてくれたし、地元の人に話を聞いてみたくて俺からも声を掛けてみる。

「地元の方から見て修善寺のおすすめの見どころってありますか？」

「見どころならやっぱり修善寺は行っておいて損はないと思いますよ。ここの地名にもなってるくらいですしね。あ、後はやっぱりお若いご夫婦人でしたらその隣にある日枝神社も」

「えっ？　ご、ご夫婦？」

　ユイがやや驚きつつも微笑みを維持したまま首を傾げて返事をする。

「子宝祈願で有名な神社ですからね。夫婦杉にお祈りすれば元気なお子さんが授かれますよ」

　……あ、そう来たか。

　善意百パーセントの笑顔で飛んで来た突然のストレートを何とか苦笑いで返す。

　ちらっと隣を見ると、ユイは赤い顔を両手で覆いながら空を仰いでいた。

どうやらおばあちゃんのご厚意に被弾してしまったらしい。

これ以上の被害拡大を避けるために急いで話題を変える。

「あ、俺たち昼食がまだなんですけども、食事でおすすめのお店はありますか？」

「ああ、それなら蕎麦がいいですよ。ほらあそこにあるお店。地元の人たちも通うお店でして、天ぷらもすごく美味しいですから」

「そうなんですね、じゃあ後で行ってみます。ありがとうございました」

「はい、良かったらお帰りの際にお土産もよろしくお願いします」

未だに手で顔を覆ったまま固まっているユイの背中をそっと叩くと、ユイが顔を隠したまま顔を俯けて俺の後ろに付いて来る。

穏やかな笑顔のままお辞儀をして見送ってくれているおばあちゃんに、俺ももう一度お辞儀をしてからさっきの道を歩き始める。

「はぁ、びっくりした……夫婦だって間違われちゃったね……」

まだ少し赤い頬のまま、ユイがにへらっと緩んだ笑顔を帽子のつばで隠しながら嬉しそうな笑い声をこぼす。

「まぁ男女二人で旅行してたらそうも見えるのかもな」

「そうだね。そう見えちゃうのかも」

ユイも顔を上げて困ったような微笑みで小さく頷く。

まさか恋人を通り越して夫婦に見られるとは思わなかったけど、でもそのユイのまんざらでもなく照れた仕草が可愛らしくて、俺も頬を緩ませながらユイに頷き返す。

「じゃあとりあえず、すぐ近くだしまずは修善寺に行ってみるか」

「うんうん、行ってみよう」

二人で気を取り直すように微笑み合うと、歩調を合わせながら最初の観光地の修善寺へと足を踏み出した。

◇　◇　◇

「はぁぁ～……これ、すっごく気持ちいいねぇ～……」

ユイが気持ち良さそうな表情を浮かべて蕩け切った声をこぼした。

修善寺の街中を通る桂川に隣接している『杉の湯』という足湯で、ユイと肩を並べて座りながら歩き疲れた足を温泉に浸す。

「街中に自由に入れる足湯があるなんて、さすが温泉街って感じするな」

「私、足湯って初めて入ったけど、こんなに気持ちいいんだね」

他に客もいないので貸し切り状態の足湯を二人で遠慮なく堪能させてもらいながら、その気持ち良さに身も心もじっくりと溶かされる。

スマホのディスプレイには午後三時と表示されていて、ホテルのチェックインの時間まであともう少し。

あれから修善寺内の観光名所を回って、おばあちゃんに教えてもらった蕎麦屋さんで天ぷらと蕎麦に舌鼓を打って、ユイがチェックしていた古民家カフェで抹茶アイスを食べて、俺たちは修善寺をめいっぱいに満喫した。

一泊旅行ということで荷物を少なくまとめた甲斐もあり、一緒に目星を付けていた観光名所はあらかた回れたし、歴史などは良く分からなくても見たことのないものは俺たちに取って新鮮でとても楽しく過ごせた。

「旅行って楽しいね、すごく」

ちゃぷ、とスカートから覗いた足で温泉を鳴らしながら、ユイが幸せを噛み締めるようにそっと呟く。

「ああ、こんなに楽しいものだとは思わなかったな」

俺もユイと同じようにズボンの裾をまくった足でちゃぷ、とお湯を鳴らして応える。

誰の目を気にすることもなく二人きりでのんびりと過ごす時間。

二人ともここで見るもの触れるもの全てが初めてで、その感覚を共有して新しい二人の思い出になっていく。

「色んなところで恋人か夫婦に見られちゃったね」

「友達同士で旅行に来てるとは誰も思わないんだろうな」

「夏臣の家で毎日一緒にごはん食べたりしてることもね」

そんな冗談を言い合いながら二人の笑い声が重なる。

最初のおばあちゃんだけでなく、行く先々で恋人か夫婦に見られたけども、でもお互いに特に否定することもなく過ごした。

わざわざ否定して俺たちの『普通』を説明するのが面倒だったのも確かにあるけど、それよりもユイがその誤解を否定しないことが嬉しくて、つい俺もそのまま過ごしてしまっていたのが本音だ。

「ね、一緒に写真撮ろ。旅行の思い出」

「そうだな。俺も撮りたいなって思ってた」

ユイがスマホのカメラをインカメラに設定して俺に顔を寄せる。

触れるほど近くはないけれども、ユイの存在を感じるくらいには近い距離。

「はい、夏臣。笑ってー」

ピピッとスマホが鳴ってディスプレイにユイらしい自然な笑顔が映し出される。

やや緊張気味な俺の硬い笑顔を指差してユイがくすくすと笑い声をこぼした。

「もう、笑ってって言ったのに」

「苦手なんだよな、笑顔を作るのって」

「そう？　普段は結構笑ってるのに？」

「それは無意識だからな」

いつの間にかこんなに近い距離感で自然にユイが笑ってくれている。

前に水族館でこうやって一緒に自撮りをした時は、写真のはずが結局へんてこなムービーになってしまうくらいに照れていたけども、今はこんなに自然に一緒の写真が撮れてしまった。

旅行でいつもよりテンションが上がってるとは言っても、ユイとの距離はこんなにも縮まってたんだなと思うと嬉しくてつい表情が緩んでしまう。

ピピッ。

「え？」

気が付くとユイがまたさっきと同じようにカメラを構えていた。

カメラには無防備に笑っている俺とユイがきっちりと収まっている。

「ほら、良い顔が撮れた」

いたずらっぽく可愛らしい笑顔でユイが自慢げに微笑んでくれる。

——可愛過ぎだろ。

一瞬遅れてから暴れ始めた心臓を隠すように、カンカンに熱くなった顔をユイから逸らす。

「あ、夏臣、もしかして照れてるの？」

「うるせ」

あははと口元に手を当てながら楽しそうにユイが笑い声を上げた。

それから俺のことをからかうように隣から俺の顔を覗き込もうとする。

そんなユイが可愛過ぎてなおさら顔を見せられずに顔を背けた。

「ん、これもすごく良い写真だね」

撮ったばかりの写真を見ながら、幸せを噛み締めるようにユイが小さく呟く。

確かに二人ともが良い笑顔で写っていて、ユイの言う通りすごく良い写真だと思う。

思えば初めて一緒に撮った写真は猫カフェの時に店員さんに撮ってもらった時で、あの頃はまだユイが俺に敬語を使ってた時だったなと感慨深くなる。

今じゃこんな写真が簡単に撮れるようになったんだなと思うと、好きな人と一緒にいられるっていうことは、こんなにも幸せなことなんだなと改めて嬉しさを噛み締めた。

「あ、そろそろチェックインにちょうど良い時間かな」

「そうだな。じゃあホテルに向かうとするか」

スマホの時計を確認すると三時半。

今からなら少し余裕を持って到着出来る時間なので、バッグの中から足拭き用のタオルをユイに手渡す。

「さすが夏臣。準備万端だね」

「こういう時のための下調べだからな」

ユイから受け取ったタオルで俺も足を拭くと、二人で足湯を後にして今日のホテルへと足を向けた。

「こちらが本日のお部屋になります」

上品に着物を着込んだ仲居さんが丁寧な所作でドアを引いて、俺とユイを部屋の中へと通してくれる。

「わぁ……！　すごい部屋……！」

広い玄関からふすまを開くと、そこにはユイが思わず驚きの声を上げてしまうくらいに大きな和室が広がっていた。

軽く十五畳はあるだろう部屋の中は、いわゆる和モダンと言われるおしゃれなデザイン。

さらに奥には大きく取られた広縁にテーブルとイス、その奥の大きな窓ガラス越しには地上十階からの絶景が広がっている。

ホテル自体はホームページの下調べですごそうだな程度には思っていたけども、まさかこんな豪華なホテルで豪華な部屋に通されるとは思ってもいなかった。

ユイとここに到着した時もまず高級感抜群のエントランスで気後れして、だだっ広いロビーで呆気に取られてしまうほどに立派なホテルだった。

　初めてで不慣れなチェックイン手続きでも、まず年齢を確認をされ、日本人ではないユイの名前で再度確認をされて、懸賞で当たった事情を説明してようやく快い笑顔を向けてもらえた。

　でも高校生の男女がこんな立派なホテルに宿泊なんて、そりゃあ不審がられても仕方ないどころか当然だと納得出来てしまうレベルのホテルだった。

「……あれ？　テラスにお風呂？」

　窓に張り付いているユイがテラスを覗き込みながら呟くと、荷物を運び入れてくれていた仲居さんがその疑問に答えてくれる。

「はい。こちらはお部屋に備え付けの露天風呂になっておりますので、二十四時間いつでもお好きな時にご利用下さいませ」

　まさかの客室露天風呂付き。

　そういうホテルがあるとは知っていたけども、まさか自分が泊まれる日が来るとは思ってもいなかったので俺も驚きの吐息を漏らしてしまう。

「当ホテルには最上階の十五階に予約制の貸し切りの露天風呂もございまして、お客様方はそちらもご利用いただけますが、ご予約はいかがなさいますか？」

「わぁ、屋上の露天風呂！　そちらも素敵ですね！」

　ユイが即座に反応して歓喜の声を上げる。

十階のここからでも十分な絶景なのに、ここよりもさらに五階も上の景色はそれこそ想像を絶するような綺麗(きれい)な景色が見れるんだろう。

しかし何やらユイが考え込んでから神妙な顔を上げる。

「……あの、貸し切りってことは、男女で分かれてないってことですか？」

「左様でございます。ご宿泊いただいたお部屋単位でのご予約になりますので、混浴となっております」

「あっ……それじゃ、その……大丈夫、です……」

混浴という言葉に反応したユイが顔を赤くして急激にしぼんで小さくなった。

そのやり取りを聞いて仲居さんにひとつ質問をしてみる。

「部屋単位ってことは、別に一人で入るのは大丈夫ってことですよね？」

「はい、もちろんでございます」

「じゃあ予約をお願い出来ますか」

「でしたらばお食事の方が六時からお部屋食となっておりますので、その後の七時半から空きがございますがいかがでしょうか？」

「はい、それでよろしくお願いします」

仲居さんが懐(ふところ)から取り出した予約票に時間を記入して手渡してくれる。

「ご利用に当たっての注意事項は裏面に記載されております。それではまた六時にお食事を運んで参りますので、それまでどうぞごゆっくりお寛ぎ下さいませ」

丁寧にゆっくりと一礼をすると、仲居さんが音を立てずにふすまを閉めて部屋を出て行く。

ガチャンと入り口のドアが閉まる音がして、ユイに仲居さんから渡された予約票を手渡す。

「だってさ」

「でも、それって……私だけって意味じゃ……」

「せっかくだしユイだけでも入らせてもらった方がいいだろ。それに旅行券を当ててくれたのはユイだし、俺は代わりに部屋の露店風呂を使わせてもらうから」

「夏臣……」

想像もつかないような絶景と言われれば俺も興味はある。

でも逆にそれだけ綺麗なものなら俺よりもユイに見て欲しいと思う。

俺は後でユイに感想を聞かせてもらえれば十分だし、ユイが嬉しそうに話をしてくれる方が嬉しい。

それでもユイがまだ遠慮がちに俯いてるので冗談めかして肩を竦める。

「だったら一緒に入るか？」

「……もう。夏臣がそんなこと言うわけないくせに無理しちゃって」

ユイが眉を下げながらくすくすと微笑む。

自分でもちょっとらしくない冗談だなと思いながら鼻の頭を掻く。

「ありがと。じゃあ私が行かせてもらうね」

「ああ、後で感想聞かせてくれ」

ユイが俺の手から受け取った予約票を胸に優しく抱いて、にへらと嬉しそうに表情を緩める。

(こんな顔を見せてくれるなら、何でも譲ってあげたくなるよな……)

いつもの晩御飯も手間をかけてでも美味しくなるようにしたり、やっぱり好きな人が喜んでくれるのは何よりも嬉しい。

改めてそう思いながら嬉しそうに微笑むユイに目を細める。

「ホテルに散歩用の庭園があるみたいだから、夕飯まで散歩でもしてくるか」

「うん、いいね。お散歩行きたい」

夕飯までの時間の過ごし方を二人で決めると、部屋のカードキーを持ってホテルの中庭へと部屋を後にした。

◇　◇　◇

「失礼いたします。お食事をお持ちいたしました」

さっき案内をしてくれた仲居さんが丁寧な一礼をして、部屋の中へと食事を運び入れて晩御飯の準備を進めてくれる。

部屋の中央にある大きな座卓テーブルの上に、温前菜として牛タンのソテー、にんにくと生しょうがのパン粉焼き、ウエハースのバジルソース掛けの三種類、魚料理は伊勢海老の刺身とソテー、ハマグリのスープ、ウニのルイユソース、さらに肉料理では松坂牛のフィレステーキに焼き野菜と、テーブルめいっぱいの料理が並べられていく。

「それではごゆっくりとお楽しみ下さいませ」

最後にご飯の入ったおひつを置いて仲居さんが部屋を出て行くと、ぐっとおしとやかに我慢をしていたユイが遠慮なくテーブルいっぱいの豪勢な食事に青い瞳を輝かせた。

「すごい！　見たことないくらい豪華なごはん！　すごーい‼」

どうも福引の特等賞についていた宿泊プランは最上級の料理コースだったようで、テーブルを挟んだ向こうに座っているユイが力一杯に喜びを咲かせながら、スマホを構えてカシャカシャとシャッターボタンを超連打していく。

むふーっと満足そうにユイが興奮した息を吐き出しながら、一仕事終えたように俺に頷いて見せる。

実に可愛らしくて微笑ましいなぁと思いながら一緒に手を合わせる。

「「いただきます」」

二人の声が重なって、それぞれテーブルの上の食事に箸を向けると、

「ん、美味いな……！」

「んん～、美味しい……！」

と、俺とユイの喜びの声が重なった。

前菜ひとつ取ってみても俺みたいな素人の料理とはレベルが違う。

牛タン、生しょうが、バジルと言った素材そのものの味が素晴らしいのは当たり前で、火加減、茹で加減、塩加減やソースの味付けまで繊細過ぎるバランスが整っている。

もちろんそれだけじゃなく、飾りつけや盛り付け、色合い、皿の形や色まで、テーブルの上の全てで五感を意識しているのがさすがの職人技だと手放しで感動してしまう。

「どれもすっごく美味しいね。初めて食べるものばっかりですごさは分からないけど」

「俺たちは素人なんだから、小難しいこと考えずに美味しいってだけで良いんだって」

二人きりの食卓なので高級店らしいマナーも必要ないし、ただひたすらに気兼ねせず二人で絶品の料理たちに舌鼓を打ち合う。

俺も初めて食べるものばかりで味や価値が分かるとはとても言えないけども、ユイと一緒にこの晩御飯に感動しながら過ごせる時間がとても幸せなのは間違いない。

「夏臣のごはんだって負けないくらい美味しいけどね」

「それは流石に身内びいきが過ぎる話だな」

食材、調理、味付け、飾りつけ、どこを切っても俺が勝ってる要素がない。

ユイがそう言ってくれるのは嬉しいけども、何より自分でこの差を感じてしまうので苦笑いで返す。

それを聞いたユイがくすくすと可笑しそうに笑って頷く。

「そうだね。私にとっては夏臣の料理は特別だから。いくらプロの料理人さんが美味しく作ってくれても敵わないんだよ」

言葉にならない健気な可愛さに思わず俯いて額を押さえる。

(ここでそれは可愛過ぎるだろ……！)

ユイの無意識の好意は威力が半端じゃない。

好きな相手に自分が頑張ってるところをこんな風に言ってもらえたら、そりゃあこうもなってしまうのも仕方ない。

顔を上げられない自分に言い訳をしながら、緩み切ってしまう表情を何とか落ち着けようと冷たいお茶を傾ける。

「くす、そんなに嬉しい？」

「……嬉し過ぎて返す言葉もないくらいな」

「あはは、素直で可愛い」

ユイも俺を覗き込みながら嬉しそうに表情をはにかませる。

ちくしょう、可愛過ぎて何も言い返せない。

ユイがこういう返し方を覚えてから度々やられてしまっている気がするが、可愛いものは可愛いのでどうしようもない。

ふうーっと長く息を吐き出して何とか顔を上げて箸を構える。

「とりあえず今は目の前のご馳走を堪能させてもらうか」

「そうだね。ん〜、この伊勢海老も美味し〜♪」

力一杯幸せそうに全力で晩御飯を味わうユイを可愛らしく思いながら、俺もユイと同じように思い出の晩御飯をしっかりと味わっていった。

◇　◇　◇

そして豪勢だった晩御飯から約一時間後。

仲居さんが綺麗に晩御飯を片付けてくれたテーブルの上で、備え付けの熱いお茶を傾けながら時計を確認する。

「そろそろ風呂の予約時間じゃないか?」

向かいに座ってお茶をすすっているユイにそう伝えると、ユイが緊張を帯びた表情で小さく唇を噛んで息を呑んだ。

「私、大丈夫かな……貸し切り温泉とか初めてだから、心配で……」

不安そうにそわそわしながら、予約票の裏側の注意事項を何度も読み返している。

「貸し切り温泉っても風呂は風呂だから大丈夫だろ。特殊な設備があるわけじゃないだろうし」

「そっか……そうだよね……うん、せっかく夏臣が勧めてくれたんだし……大丈夫、きっと大丈夫……」

ユイが自分に言い聞かせるように大丈夫だと繰り返す。

説明が必要なほどの設備ならきっと何かしらの案内が書いてあるだろう。

湯呑みを傾けながらユイの様子を眺めていると、俺を窺うように申し訳なさそうな上目遣いを向ける。

「……その、困ったら電話してもいい？」

「いつでも電話に出れるようにしとくから安心してくれ」

その可愛らしさに思わず笑いそうになりながらそう返事をすると、ユイがぱぁっと笑顔を咲かせていそいそと風呂の準備をはじめる。

鞄の中から相変わらず大量のスキンケア用品が入ったポーチを取り出して、着替えと荷物を指差し確認してからユイが大きく頷く。

俺はその間に部屋のクローゼットから貸し出し用の浴衣セットを取り出してユイに手渡した。

「じゃあ、行って来ます」

「ああ、いってらっしゃい」

念のため部屋のカードキーを渡して玄関までユイを見送ると、小さく手を振りながらユイが入り口のドアを静かに閉める。

「さて。じゃあ俺も風呂に入らせてもらうかな」

クローゼットからタオルと浴衣のセットを取り出すと、俺も部屋付き露天風呂のあるテラスの方へと足を向けた。


「……露天風呂、ヤバいな」

さっきまで夕陽が射していた空は宵闇に変わっていて、標高のせいなのか綺麗な空気のお陰なのか、澄んだ夜空には数え切れない星たちがくっきりと煌めいていた。

少し涼しめの夜風を感じながら、テラスにある檜風呂の中で温まった息を緩く吐き出す。

今まで温泉っていうもの自体に馴染みがなかったけども、本場の良い温泉だからなのか身体の奥の奥にまで染み込むような気持ち良さがあった。

ホテルのすぐ下を流れる川のせせらぎに耳を傾けながら顔を上げると、テラスの向こうにはライトアップされた森林の景色が広がっている。

「はぁ……たまらんなぁ、これは……」

心も身体も芯の芯まで癒されるような情景を、湯舟の中で手足をめいっぱいに伸ばして存分に味わう。

湯舟の脇に立っている物置の上にあるスマホを見ると、今のところ特に通知はない。

経過時間を考えるとユイも無事に風呂に入れてるみたいで一安心だ。

(ここからの景色でも十二分に綺麗だけど……)

ユイのいる最上階からはさらに綺麗に見えるものなんだろうか。

青い瞳を輝かせながらこの景色に見入ってるユイの横顔を思い浮かべると、温泉で温まった胸の奥がさらに温まるのを感じる。

ユイが一生懸命にその感動を説明してくれる姿を想像してにやけていると、ヴヴヴとスマホが震える音が聞こえた。

「……ユイ?」

湯舟から身体を起こしてスマホを手に取ると、そこにはユイからのメッセージの通知。

何かあったのかと思ってメッセージを開くと写真が送られて来ていて、それを開くと思わず口元から素直な笑みがこぼれてしまった。

「めちゃくちゃ綺麗な景色だなぁ……」

その写真はここから五階上にある露天風呂から見える景色。

囲いがなく湯舟が段々に作られているため、湯舟に入っている視点からは湯舟の水面が景色と境目なく繋がっていて、まるで空に浮いているようにすら見える。

もちろんここから見えるライトアップもしっかりと映っていて、そこには文句のない絶景が広がっていた。

『すっごく綺麗だから、夏臣にもお裾分け』

すぐにそんなメッセージが追加で送られてくる。

一人で風呂に入っていても俺のことを考えてくれて、こんな風に感動を共有しようと思ってくれたことが嬉しくて、大きな溜息を吐き出しながら夜空を見上げる。

「やっぱり俺は本当にユイが好きだなぁ……」

思わずそんな呟きが口からこぼれて、胸の奥が甘く強く締め付けられる。

心地好く高鳴る鼓動を感じながら、目を閉じて温まった吐息をゆっくりと吐き出していく。

『こっちの景色も綺麗だからお返し』

俺もテラスの向こうの景色をスマホに収めると、お返しにユイへと写真を送る。

すぐに既読が付いてブサネコが感動で泣いてるアニメーションスタンプが貼り付けられた。

『のぼせないように気を付けて、ゆっくり楽しんで来てな』

『ありがと。後で他の写真も見せるからね』

そんなやり取りを見て、堪え切れずにくつくつと笑いが溢れてしまう。

離れていても、気持ちが繋がっている。

ユイが送ってくれたメッセージがそんな風に心地好く心の奥にまで沁み込んでくる。

「はぁ……マジで可愛すぎだろ……」

胸がむず痒いほどに甘く締め付けられてしまって温泉を顔にバシャバシャと掛ける。

溢れて止まらない愛おしさを何とか抑えるように、湯舟から上がってやや冷たいシャワーを浴び続けて何とか心と頭を冷やしたのだった。

◇　◇　◇

露天風呂から上がって浴衣に着替え終わると、ちょうどいいタイミングで部屋のインターホンが響く。

「お布団を敷きに参りました」

ドアを開けるとさっきと同じ仲居さんが一礼をして、部屋の中へと入って布団を敷くための準備を進めてくれる。

何か手伝おうかと思うが、あまりに隙の無い慣れた手付きだったため、邪魔にならないよう窓際にあるテーブルセットの椅子に座って待つことにした。

「お客様」

俺がキンキンに冷えたお茶を傾けていると、仲居さんに声を掛けられて顔を向ける。

「お布団は一組だけのご用意の方がよろしいでしょうか？」

真面目な顔でそんなことを提案されて、危うく持っていたお茶をこぼしかける。

「いえ、二組でお願いします」

「仲居が一組しか用意してくれなかった、という設定でも構いませんが」

「お気遣いは大変ありがたいのですが、ぜひ二組でお願いします」

「かしこまりました」

設定って。

思わずそうツッコみたくなる気持ちを何とか堪えて呑み込む。

あまりに真面目な顔で提案されたので、何かそういう気遣いをしなくちゃいけないサービスでもあるのかと思いつつ、きびきびと布団を敷いてくれている仲居さんから玄関の方に顔を逸らすと、

「あっ……」

ちょうど部屋に戻って来たユイと目が合った。

「た、ただいま……！　その、すっごく良いお風呂だったよ……！」

まとめた髪を肩口に流した可愛らしい浴衣姿のユイが、俺から顔を隠すように早足で自分の荷物をバッグの中に片付ける。

風呂上がりで上気している顔色は分からないけども、明らかにユイが動揺していた。

（……さっきのやり取り、絶対に聞こえてたよな）

ちらりと俺を見た仲居さんが一瞬妙に楽し気な視線だった気がするけども、次の瞬間には真面目な表情に戻っていたので、気にせずさっきの椅子に腰を下ろしてユイの分の冷たいお茶を用意する。

「ありがと、夏臣」

テーブルを挟んだ向こう側の椅子にユイも腰掛けて冷たいお茶で喉を鳴らす。

ふう、と短く息を吐き出したユイの横顔を覗く（のぞ）と、湯上りで薄赤に染まった頬がやけに大人っぽく見えて、花火大会の時とはまた違う薄手の浴衣（ゆかた）がとても良く似合っていた。

晩御飯を食べにうちに来る時でもたまに風呂（ふろ）に入ってから来ることもあるが、ここまで無防備な湯上がり姿は見たことがないのでやけにドキドキしてしまう。

「お布団（ふとん）の方のご用意が出来ました。明日の朝食は七時から九時の間に食堂でのご用意となっております。それではお休みなさいませ」

仲居さんがまた丁寧なお辞儀をして部屋を出て行く。

敷いてくれた布団（ふとん）を見ると、大きな部屋の中央に不自然なほどぴったりと二組の布団（ふとん）が並べられていて、ユイが困ったような視線を畳に落とした。

「さ、流石（さすが）にこれはちょっと近すぎるよな⁉」

「ご、ごめん、そうだよね⁉　私の寝相良くないから迷惑かけちゃうかもだし‼」

お互いに出来る限り部屋の両端に向かってザザザッと布団を引っ張っていく。

部屋が広いので逆に不自然なほど間が空いたけれども、まぁこのくらいあればユイも安心して眠れるかなと思わないでもないのでとりあえず良しとしておく。

ギリギリまで引き離した向こうの布団の上で、ユイがちょこんと座って恥ずかしそうに髪をいじくっている姿がやたらと色っぽくてグッと来てしまう。

（いつも通り、いつも通りいればいいだけだからな、俺……！）

自分に言い聞かせるように内心で呟きながら、そういう目でユイを見ないように自分を改めて戒める。

ユイが熱を出した時に隣にいた時の方がよっぽど近かったのに、好きだと自覚してしまった今の方がやたらと意識してしまうことが増えた。

しかしながらこのまま変な空気でいるのも気まずいので、何か雰囲気を変えられる話題を探して窓の外を見ると、観光名所を調べた時に見た場所を思い出す。

「なあユイ。涼みがてらライトアップでも見に行かないか？」

「わぁ、すごい綺麗だね……」

遠くに見え始めた竹林を見てユイが小さな感嘆の声を上げた。

綺麗に敷き詰められた石畳の上を歩いて行くと、幻想的にライトアップされた竹林の小径という観光名所の公園の中へと到着する。

園内には俺たちの他に人影はなく、二人分の下駄の足音を響かせながら美しい光に彩られた竹林の中をゆっくりと歩いて行く。

今日の夜空には月明かりが少ないためか、竹林の隙間から見える星たちがとても綺麗に煌めいている。

「すごく素敵なところだね」

「ああ、すごく綺麗なところだな」

温泉で火照った身体を夜風に撫でられながら、ユイとゆっくり歩調を合わせて歩く。

もう少し時期が早ければこの先の池で蛍を見ることも出来たらしいけども、今は時季外れなので見られないと観光サイトに書いてあった。

もうすっかりと変な空気も解けていつも通りの距離感。

二人で肩を並べて美しい竹林の中を下駄を鳴らしながら進んで行く。

「日本に来てこんな旅行が出来るなんて、思ってもみなかったな……」

瞬く星たちを見上げたユイが嬉しさを噛み締めるように呟いた。

「俺もお隣さんのクラスメイトと温泉に来るなんて思ってもみなかったよ」

俺もユイに相槌を打つように返事をする。

隣を歩くユイと小さな微笑みを交わしながら、ゆったりとしたペースでお互いを感じながらカラコロと下駄を鳴らしていく。

「夏臣が花火大会に誘ってくれて、湊さんがレンタル浴衣を教えてくれて。それが夏臣と旅行なんてことになっちゃうなんて思いもしなかったしね」

「それなら最初は花火大会のチケットをくれた慶のお陰ってことになるな」

「それなら友達を助けてピアノを弾いてくれた夏臣のお陰じゃない？」

「俺はその前にさんざん世話になった慶に恩返しをしただけだよ」

「じゃあそういう優しさの連鎖が今に繋がってるんだね」

ユイが僅かに声を明るくしてそんな表現をする。

確かにそういう小さな偶然が少しずつ重なって、現在に繋がってるのかもしれない。

――俺が今年の始業式にもう少しだけ早く家を出ていたら。

――うちのクラスの担任が従姉じゃなかったら。

――ユイが教会のバイトで面接に来た日、帰りに俺がスーパーに寄らなかったら。

（そのどれが欠けてても、今ここでユイの隣にはいられなかったような気がするな……）

ユイの言葉からそんなことを考えていると、公園内に設置されているスピーカーからお知らせのジングルが響き渡った。

『本日はただいまよりペルセウス座流星群の極大の時間帯となります。園内の照明は足元と非常灯を除いて消灯いたしますので、ご来園のお客様方はお足元にご注意下さいませ』

隣のユイと顔を見合わせると、園内の照明が次々と落とされて行く。

放送通りに足元を照らす最低限の照明だけが残され、夜空の星灯り（ほしあか）がさっきよりもくっきりと浮かび上がった、その瞬間。

「あ……今、あそこに……」

ユイが瞳を丸くしながら夜空を指さす。

その細い指先を辿（たど）って夜空を見上げると、すぐに後を追うように一筋の光が流れていった。

「流れ星……！　私、初めて見た……！」

ユイが青い瞳を細めながら感極まったように呟（つぶや）いた。

俺も視線を外せないまま夜空を見上げていると、まるで俺たちが気付くのを待ってくれていたように次々と夜空に箒星（ほうきぼし）が走っていく。

竹の葉たちが微（かす）かにさざめく庭園の上、深い夜空が流れ星たちの光の尾で彩（いろど）られていく。

「これが……流星群……」

人の手では造る事の出来ない美しい情景に思わず声が漏れた。

初めて見た幻想的な神秘に、息を呑（の）むことすら忘れて夜空を見上げる。

「すごいね……こんな奇跡みたいな偶然……」

優しく瞳を細めたまま、小さな優しい声でユイがそう呟いた。

隣に視線を向けると、星灯りと流れ星を映した青い瞳が言葉も出ないほどに綺麗に輝いている。

奇跡みたいな偶然。

——桜の花びらが舞い散る中で出会ったことも。

——月明りに照らされた礼拝堂も。

——打ち上げ花火の下で恋をしたことも。

——初めての旅行で流星群を見上げたことも。

それらすべてが奇跡のような偶然だと、流れ星が夜空に尾を曳く度にユイの言葉が胸の奥で繰り返される。

優しい微笑みを浮かべたユイが俺に顔を向けて俺たちの視線が絡まった。

何度も見た、言葉を失うような優しい微笑み。

奇跡のような偶然と言われても納得してしまうほどに美しい情景。

だからこそ、強く心の中で思ったことが声になってこぼれ落ちる。

「きっと、偶然なんかじゃない」

俺を見上げるユイの瞳が少しだけ丸くなる。

今も夜空にはいくつもの流れ星が煌めいて、光の尾を曳いてはまた消えていく。

この流星群だって、きっと偶然なんかじゃないから。

「きっと俺とユイがここにいることは、偶然じゃないんだよ」

自然な心からの笑顔をユイに向けて、今度ははっきりとそう口にした。

ユイが優しさの連鎖なんて言葉で表してくれたこと。

それは自分が生きていく中で選んで来た道で、歩んで来た道だから。

良い時も、悪い時も。

楽しい時も、辛い時だって。

それぞれが選んで歩いて来た道がここで重なったものだ。

ユイが独りで日本へ来ることを決めたことも。

桜の花びらが散るベランダで歌っていたことも。

俺が伸ばした手を取ってくれたことも。

月明りが照らす礼拝堂で歌ってくれたことも。

今もずっとお揃いのブレスレットを着けていることも。

花火大会にデートをしに行ったことも。

今ここに二人で肩を並べて立っていることも。

そして、俺がユイを好きになったことも。

それは確かに俺たちが選んで来た先にあった奇跡だと思う。

だから――

「だからこの奇跡はきっと、偶然なんかじゃない」

奇跡だったとしても、偶然なんかじゃない。

俺が自分で選んだ道の先で、俺は自分の意志でユイを好きになった。

この奇跡に感謝をしながら、今も隣にいてくれるユイに精一杯の笑顔を浮かべて見せる。

◆　◆　◆

『だからこの奇跡はきっと、偶然なんかじゃない』

その言葉を聞いた瞬間、涙が溢れそうになってしまった。

夏臣の言葉が私の胸に溶けるように沁み込んで来る。

心が優しくて暖かいものに包まれて、切なさにも似た甘酸っぱい気持ちが溢れて胸が苦しくなってしまう。

お母さんを亡くしてイギリスに行ったことも。

その先で歌を失くしてしまったことも。

ソフィーが日本へと来るという選択肢をくれたことも。

夏臣が差し伸べてくれた手を取ったことも。

夏臣がもう一度、大切な歌を歌わせてくれたことも。

私が夏臣に恋をして、好きになったことも。

良かったことも悪かったことも、その全部は私が選んだ先にあったこと。

だから今この場所にいることが奇跡だとしても、それはきっと偶然なんかじゃない。

夏臣の言葉がさっき以上に胸を甘く締め付けて、目の前にある笑顔が愛おし過ぎて、思わず涙がこぼれてしまいそうになってしまう。

「私も自分の意志でここにいるから。だから、偶然なんかじゃないんだね」

奇跡のような可能性の中で出会えたのだとしても、それは偶然じゃない。

私が自分で選んだ道の先で、自分の意志で夏臣を好きになった。

だから私も精一杯の気持ちを込めて、私に出来る一番の笑顔を夏臣に向ける。

ソフィーには節度を守れなんて釘を刺されてしまったけど。

でもこんなに愛おしい気持ちが止められるわけがないし、止めたくもない。

私が選んで来た未来の中で、私が好きになった人を見つめる。

両手を胸の前で握って、初めての想い人と真っ直ぐに見つめ合う。

すると夏臣が私に向かってゆっくりと口を開くのが見えた。


「俺、ユイのことが好きだ」

「私も。夏臣のことが好き」


視線も言葉も心も、全部を逸らすことなく同時にその想いを口にした。

微かな気恥ずかしさと、でもそれ以上に通じ合った気持ちが嬉しくて、幸せで溶けてしまいそうな笑顔で声をくすぶらせて笑い合う。

ずっと心の中にあった気持ちを伝えただけなのに、涙が溢れてしまいそうになる。

相手も同じ気持ちだったと聞いただけで、愛おしくて涙が溢れそうになってしまう。

一歩近づいて夏臣の胸に頬を当てると、夏臣の両腕が私の背中をそっと抱き締め返してくれる。

「やっと好きって伝えられた……すごく、嬉しい……」

「ああ、俺も……上手く言葉にならないくらい、嬉しいよ……」

大きな腕に抱き締められながら、幸せでいっぱいになった小さな笑い声をこぼす。

お互いの体温を確かめ合うように、抱き締め合った腕にぎゅっと力を込める。

夜空にはまるで私達を祝福するように、一際(ひときわ)多くの流れ星たちが煌(きら)めいていた。

7章 恋人初日はカレーの気分

I spoiled "quderella" next door
and I'm going to give her
a key to my house.

「ん……んん………」

チチチといつもと違う鳥の声で薄っすらと目を開ける。

見慣れない天井をぼんやりと眺めていると、ゆっくりと動き始めた頭で今は旅行先のホテルであることを思い出す。

それから隣の布団に顔を向けると、ユイが身体を俺の方に向けて穏やかな寝顔で眠っていた。

「すー……すー……」

隣同士にくっついた布団からはみ出した俺の左手にはユイの小さな左手がしっかりと添えられていて、細い指先が俺の手に優しく絡まっている。

眠っている間もずっと繋いでいた手は同じ体温になっていて、ただ純粋にその柔らかさだけが手のひら全体から伝わってくる。

少しだけ力を入れてユイの手を握ると、ユイも眠ったまま無意識に握り返してくれるのが愛おしい。

（……俺の彼女、か）

愛おしい寝顔を眺めながら改めて心の中で呟いてみる。

昨日はあれから公園内のベンチでしばらく流星群を眺めてから部屋に戻って、お互いに照れながらも端に寄せてあった布団をまた隣同士にくっつけて、それぞれが布団から出した手を繋いだまま一緒に眠りに付いた。

一日旅行で歩き疲れたせいか、告白なんて一世一代のイベントをこなしたからか、二人とも緊張が解けてあっという間に眠りに落ちてしまっていたらしい。

この間の海の時も手を繋いだけども、こんな穏やかにユイのぬくもりを感じられるのは前にユイが熱を出した時以来だろうか。

あの時はまだ自分の恋心も自覚する前で、こんな距離感で触れることに戸惑いもあった。

熱で浮かされながら眠っていたユイがそっと手を握って来て、ユイがずっと不安を我慢していたことを知って、ただただ愛おしい気持ちでユイの頬を撫でていた。

でももうあの時みたいに一方的じゃなくて、お互いに気持ちを通じ合わせた後のぬくもり。

友達じゃなくて、恋人のぬくもり。

何だかその違いを意識するとくすぐったく思いながら、飽きることなく可愛らしい寝顔を眺めているとユイの長い睫毛が微かに揺れる。

「……ん……ぅん……」

青い瞳がゆっくりと開いて、まだ眠そうな視線が俺の方へと向けられる。

　ほんの少しだけきょとんとしてから、すぐに状況を理解したユイの瞳が優しく細まった。

「……おはよ、夏臣」

　外から聞こえる鳥たちのさえずりよりも小さな声で、俺の名前を愛おしそうに呟いてくれる。

　繋いでいる手をユイがそっと両手で包み込むと、背中を丸めて柔らかい頬を俺の手にすり寄せながら小さな笑い声をくすぶらせた。

「……夢じゃ、ないんだよね……？」

「ああ。ちゃんと繋いでる手の感触、分かるだろ」

「私、ちゃんと夏臣の彼女になった……？」

「そうだな、ユイは俺の彼女だよ」

「じゃあ夏臣は私の彼氏で……私たち、恋人だね……えへへ……」

　ユイがひとつひとつ確認するように言葉にすると、にへらっと緩み切った幸せそうな微笑みを浮かべてくすくすと肩を震わせる。

　俺もユイのその可愛らしさに浸りながら、同じように笑い声をこぼし返す。

「前に私が熱出した時、夏臣がずっと傍で手を握ってくれてたでしょ……？　それからずっと、またこんな風に手を繋いでもらいたかったから……すごく嬉しい」

　まだ眠たそうな掠れた声で、青い瞳を優しく細めながらユイが呟く。

　あの時よりもずっと気持ち良さそうにしながら、俺の手に頬をすり寄せて甘えてくる。

ユイの柔らかな感触が伝わって来て、手以上に心の方がくすぐったくて気持ちが良い。

ユイがそのまま俺の手を開かせると、遠慮することなくその可愛らしい顔を俺の手のひらの上に乗せて目を閉じる。

「……好き……私、夏臣のことが大好き……」

両目を伏せたまま幸せを噛み締めるようにユイが繰り返し呟く。

このまま溶かされてしまいそうなくらいの甘い囁き。

なのに照れも恥ずかしさもなく、ユイの声も、体温も、感触も、その全てが俺の一番奥に沁み込んで愛おしさに変わっていく。

「好きな人に好きって言えるのがこんなに嬉しいなんて、知らなかったな……」

少しだけ開いた瞳で俺の手を確かめるように見つめながらユイが呟いた。

それから俺の目を見て微笑みながら尋ねる。

「ねぇ……私のこと、好き……？」

「ああ、好きだよ」

「くす……もう一回、言ってくれる……？」

「好きだよ、ユイ」

「えへへ、嬉しいなぁ……ほんとに嬉しくて溶けちゃいそう……」

「こんなことで喜んでくれるなら何度でも」

「ん、ありがと……私も、夏臣が好き……大好きだよ……」

甘くて優しい声色でユイが繰り返しそう言葉にしてくれる。

窓の外で聞こえる微かな川のせせらぎと、朝を告げる鳥たちの鳴き声に包まれながら。

何度も何度も飽きることなく同じ言葉を囁き合う。

それが初めてユイと迎えた、恋人としての新しい一日の始まりだった。

「ありがとうございました、またのご利用を心よりお待ちしております」

何人もの従業員に丁寧に見送られながら、絢爛豪華なエントランスを抜けてホテルを出る。

チェックアウトも無事に終わって、夢のようだった旅行も後の予定は土産物屋に寄って帰るだけとなった。

とは言っても、今回の旅行は慶と湊、後はソフィアと香澄くらいしか知らないので、土産を買っていく相手もせいぜいその四人しかいないけども。

それよりも目下、俺には解決しないといけない問題があって隣に顔を向けた。

「…………っ」

伏し目がちな横目で俺を窺っていたユイが慌てて顔を逸らす。

そのままじっとユイを見ていると、またちらっと俺を見て同じように大慌てで顔を逸らした。

今朝、布団を出てからというもののずっとこの調子である。

どうも朝は寝ぼけテンションで存分に甘えていただけらしく、目が覚めてからはずっと俺に謝り続けながら布団に丸まって立てこもりを続けていた。

もちろん謝られることなど微塵もない旨を何度も伝えたが、それでもうちの彼女の天岩戸は開くことはなかった。

せっかくの朝食が食べれなくなるぞと声を掛けたら、時間ギリギリになって何とか布団から連れ出すことには成功したけども、朝食から今に至るまでずーっとこの調子だ。

（まぁユイの性格を考えれば恥ずかしいのは分からないでもないけど……）

俺自身が恋愛初心者のため、こういう時に気の利いた言葉が何も思い浮かばない。

ユイが照れて気まずいだけだと分かってる以上は、無理矢理にこっちを向かせるのも何か違う気がして、その内に慣れるだろうと思って今に至ってしまっていた。

「…………」

「…………」

……いや、やっぱりこのままじゃダメだ。

せっかくお互いに告白し合って恋人としての一日目。

あんなに満たされたスタートからのこの落差は流石にダメだろう。

かと言ってやっぱり無理な作り笑顔をさせるのは違うと思う。

（うーん、どうしたものか……）

恋愛初心者なりに必死に頭を巡らせてみるが、やはりここを打開出来るような気の利いた台詞回しは思いつかない。

そもそも俺は元々がそんな気の利く男でもないわけだから、それならもう無駄なことで悩むのを止めて、俺に出来ることで少しでもユイを安心させて上げられたらいい。

そう納得すると意を決して、隣を歩くユイの小さな手をそっと握った。

「……な、夏臣……？」

ユイが驚いて目を丸くしながら俺を見上げる。

出来るだけいつも通りの調子で、いつもと同じようにユイに笑いかけた。

「大丈夫だ。恋人になったって俺は何も変わってないから。だからユイが不安になるようなことなんて何もないよ」

「夏臣……」

精一杯の優しい笑みを浮かべて、その短い言葉の中に出来る限りの気持ちを詰め込む。

そして今朝と同じように優しくユイの手を包み込むと、強張っていたユイの表情から少しずつ緊張が抜けて柔らかく解けていく。

「……ありがと、夏臣……やっぱり大好き……」

まだ少し恥ずかしそうにしながら、でもちゃんと俺を見つめ返して幸せそうに微笑んでくれる。

そしてユイの方からも俺の手に指をそっと絡めて、恋人らしく手を繋ぎ直してくれた。

「ありがと夏臣。ごめんね、もう大丈夫。行こっか」

「ああ、じゃあ行くか」

しっかりと手を繋いだままいつも通りに笑い合って、修善寺の土産屋が並ぶ通りへと向かって、二人で改めて足を踏み出した。

◆　◆　◆

そしてそれから約三時間後の午後二時頃。

横浜の自宅に帰って来た私と夏臣は、それぞれの部屋の玄関の前で顔を見合わせた。

「じゃあまた後でね」

「ああ、一息ついたらまた連絡するよ」

お土産屋さんでも、電車の中でも、帰り道でも、あれからずっと繋ぎっぱなしだった手を名残惜しく思いながらゆっくりと離す。

何だか急に指先が寂しく感じて、思わず俯いて小さく唇を噛んでしまう。

「すぐに晩飯の時間になるから大丈夫だ」

「……え？」

「それにすぐ隣なんだから、そんな寂しそうな顔しなくても大丈夫だって」

夏臣が駄々をこねる子供をあやすように笑いかけてくれる。

まさか自分がそこまで顔に出てるとは思わなくて、かぁっと熱くなった顔を急いで俯けた。

「そこまで想ってくれるユイは可愛いけどな」

そう言って今度は大きな手で優しく頭を撫でてくれる。

（このタイミングで、そんなことするのはずるいよ……）

こんな風に優しく頭を撫でられたら、嬉し過ぎて逆に顔が上げられなくなってしまう。

こういうことを無意識にしてくれる優しさが夏臣らしいところだけど。

「晩飯の買い出しに行く時に連絡するけど、その前から来ててもいいからな」

「うん、分かった。ありがとね」

何とか心配させないよう笑顔でそれだけ返すと、鍵を取り出して自分の部屋の玄関を開ける。

隣を見ると何故か夏臣が鍵も出さず、にこにこと私の方を見ていた。

「どうしたの？」

「ユイが寂しそうだったから、見送ろうと思って」

とすっと私の胸にハートの付いた矢が刺さる音がした。

思わず両手で真っ赤に茹で上がった顔を覆って顔を上げる。

（ほんとに私の彼氏はいちいちずる過ぎる……！）

もう私が夏臣のことが大好きだとばれてしまったからなのか、もう自分の気持ちに全然歯止めが利いてくれなくて夏臣の優しさに全然耐えられない。

「……ユイ、大丈夫か？」

「な、何とか……大丈夫だから、お気になさらず……」

真っ赤な顔で引きつり切った不細工な笑顔を浮かべて、夏臣に小さく手を振りながら逃げるように自分の部屋の中へと入った。

そのまま玄関にへたりこんでしまいそうになるのをギリギリで堪えながら、肩に掛けていたトートバッグをソファの上に置いてそのままベッドに倒れ込む。

布団に顔を埋めて足をばたばたさせると、何とか心と身体が落ち着き始めてくれる。

たった一泊二日の旅行だったのに、緊張の糸が切れた途端に身体がぐったりと言うことを聞いてくれなくなってしまった。

でもものすごく心地好い幸せに包まれて自然に笑みがこぼれてしまう。

まだ心と身体がふわふわしてるみたいで、帰り道もずっと繋いでいてくれた手がもう寂しい。

今そこで別れたばっかりなのに、もう会いたい。

「……私って、思ってたより甘えんぼうなんだなぁ……」

今までは知ることがなかった自分の一面。

知りたくなかったような、でも仕方ないと許せてしまうような、自分でも知らなかった私。

ずっと我慢することに慣れていたから、自分がこんなに甘ったれでわがままだったなんて思ってもいなかった。

(でも夏臣はそれを全部受け入れてくれちゃうんだもん……)

だからこそ自分でも自分を好きになることが出来た。

夏臣が私の嫌いなところを笑って受け入れてくれたから、いつの間にか自分でも自分を許せるようになっていた。

(ああ……私、もうダメだ……全然ダメだ……)

旅行の片付けも洗濯もしなくちゃいけないのに、しばらくはもう夏臣のこと以外何も考えられそうにない。

でもそれですらも嬉しくなってしまって、顔の上に枕を乗せて足をバタバタと暴れさせる。

ひとしきり悶え終わって足を投げ出すと、

「……私が彼女、かぁ……」

と、天井に向かってしみじみ呟いてみる。

少し前は同じようにベッドの上で夏臣への好意を呟いて悶えていたのに、今ではそれを飛び越えて恋人同士にまでなってしまった。

そもそも恋愛なんて自分とは違う世界のものだと思ってたけど、まさか自分に好きな人が出来て、なおかつ恋人として付き合うことになるなんて。

（人生、何があるか分からないなぁ……）

でも私たちが出会えたのは、きっと偶然じゃない奇跡だから。

夏臣が言ってくれた殺し文句を思い出して、枕を胸に抱き締めたまま丸くなってまたひとしきり悶絶する。

「はぁ、はぁ……そうだ、ソフィーに帰って来たって連絡しなくちゃ……」

あまりに興奮し過ぎて息を切らしながら、ギリギリでそれを思い出してスマホを手に取った。

お姉ちゃんに恋愛ごとを逐一報告するのもどうかなとは思うけど、行く前も心配してくれてたし一報くらいはと思って『無事に帰って来たよ』と短いメッセージを送る。

すると即座に電話が掛かって来て反射的に通話ボタンを押した。

「も、もしもし……っ⁉」

「で、どうだったの？」

開口一番、挨拶もすっ飛ばしてソフィーがものすごいド直球を投げ込んで来る。

無駄なやり取りは嫌いと自称するだけあって、実の妹相手でも遠慮も容赦もない。

突然の流れに驚きつつも、深呼吸をしながら身体を起こして自分を落ち着かせる。

「その、すごく楽しかったよ。観光もすごく良かったし、ホテルの貸し切り露天風呂からの景色とかものすごく綺麗で――」

「それは後で聞くから。ナオミとはどうだったの？」

ものすごい切れ味でばっさりと切り落とされた。

ちょっとくらい旅行の感動を聞いてくれてもいいのに……。

でもソフィーが今一番心配してるのはそれだろうし、仕方ないかと思って気持ちを切り替える。

「その……付き合うことに、なったよ……」

「じゃあちゃんと告白したの？　どっちから？」

「え、えーっと、どっちからって言うか、同時にっていうか……」

「ハァ？　同時なわけないでしょ。いっせーので告白するわけでもあるまいし」

「ああいや、もちろんそこまで同時なわけじゃなくて……」

誰もいないライトアップされた竹林公園の中で、降りしきる流星群の下、お互いに好きだと告白し合って付き合うことになったという状況を伝える。

（冷静に口に出してみると、あまりに出来過ぎたシチュエーションだなぁ……）

そんなことを想いながら努めて冷静に、でも実際には頬に変な汗を伝わせながら説明をした。

もちろん恥ずかしいので細部は適当に伏せつつ。

私が話し終わると、電話向こうのソフィーが考え込むように沈黙が流れる。

数秒ほどの沈黙を経てソフィーがぼそっと口を開いた。

「それで?」

「えっ? それでって……それだけ、だけど」

「ハァ? そんな最高に甘ったるいシチュエーションで、念願叶って好きなオトコと恋人になったのにそれだけのはずないでしょ?」

「あ、いや……その……告白の時に、ハグも……しちゃったけど……」

「ハグって……」

ソフィーの声が呆れたようにガクッと崩れ落ちる。

「もしかして、あんた本気でそれだけだったの? 確かに節度を守れとは言ったけど……」

「それだけって……え、すごくない? だって好きだって言ってもらえた上に、ぎゅーって抱き締めてもらえて、隣のお布団で朝までずっと手を繋いでくれてたんだよ?」

「あ、そう……手を繋いで、ねぇ……」

本気で戸惑っているようなソフィーの声色に、逆に私の方が戸惑いながら必死にこの感動を説明する。

それでもソフィーが電話の向こうで、肩を竦めて首を振っている呆れたジェスチャーをしているのが間違いなく伝わって来た。

全然『それだけ』なんかじゃないのに、この気持ちがソフィーに伝わらないのがもどかしい。

むしろ私の方はそれを説明するために思い出しただけで、甘えたような変な笑い声が出てしまいそうなのを必死で堪えてるのに。

またしばらくの沈黙が続いて、電話口の向こうから呆れたような笑い声が聞こえた。

「ま、ユイらしいわね。恋愛初心者同士、ナオミとちょっとずつ色々と学べばいいわ。ひとまず、Congrats on getting a boyfriend.」

「……うん。Thanks a lot, Sophie.」

「今は仕事中だから旅行の話はまた後で詳しく聞かせてね。Love ya, Yui.」

「Good luck at work, darling. Cheers, bye.」

そう答えるとスマホに通話終了の文字が表示される。

仕事中に急いで電話をくれたお姉ちゃんの気持ちに感謝をしつつ、もう一度ベッドに仰向けに倒れ込む。

スマホを枕元に置いて、見上げた天井に短い溜息が漏れる。

「……『普通』は、それだけじゃないのかな」

ソフィーが言おうとしていたことを考えながら呟く。

私だってそこまで子供じゃないし、ソフィーが言いたかったことは伝わっている。

でも私は本当に心も身体も幸せで満たされてたし、それ以上の愛情表現を知識としては知ってはいるけど……でも、正直良く分からない。

手を繋ぎながら隣で笑ってもらえるだけで、こんなにも満たされてしまっているのに。

あの大きな手で頬を撫でてもらったり、優しく髪に触れてもらったり、愛おしそうに頭を撫でてもらえるだけで苦しいほどに好きが溢れてしまう。

思い出しただけでも火照ってしまう顔に枕をぎゅうっと押し当てながら、ばたばたと足を暴れさせて何とか正気を保つ。

「それ以上のことって……もっとすごいのかなぁ……」

今の私では想像も出来ない話。

でも想い人を頭に浮かべながら、自分の唇にそっと指先で触れてみる。

唇に指先の感触が触れると、何だかいけないことをしてる気がしてこれ以上ないほどに顔が熱くなってしまう。

夏臣が常に私のことを考えてくれてることは、誰よりも私が良く知ってる。

だから私を不安にさせるようなこととか、心の準備が出来ていないようなことを強引に求めるようなことなんて絶対にしない。

だから今はそんなことは考えなくていいこと……なのに。

「……でも夏臣は、こういうこと……したい、のかな……」

もし夏臣に求められたら……断れる自信は、ない。

まだ自分に心の準備が出来ていなくても、こんなに好きで溢れてしまっていたら拒否なんて出来るわけがない。

私が夏臣の望むことをしてあげられるなら、自分が不安だとしても何でも差し出してしまいたくなってしまう。

「〜〜〜っ……！」

頭から湯気がでそうなほど顔が茹で上がる。

身体の中が沸騰してるみたいに熱くなって、信じられないほど汗だくになってしまう。

そんな自分も何もかもが恥ずかしくて、両手で顔を覆いながら亀のように丸くなっていると枕元のスマホがヴヴヴと震えた。

「ひゃぅっ⁉」

びっくりしてスマホをお手玉しながら、何とか落とさずにキャッチして画面を開く。

『今日の晩飯は何が食いたい？』

そこにはいつも通りの夏臣からのメッセージ。

それを見て、一人で舞い上がり切っていた自分がさらに恥ずかしくなって丸くなる。

「……私って、こんな女の子だったんだなぁ……」

前にソフィーに言われた通り、勢いで流されてしまうタイプなのかもしれない。

しかも夏臣に流されてしまうどころか、自分で思い込んだら止まれないというか……。

告白の時だって自分からハグをせがむように夏臣にくっついたことを思い出して「ううぅ

ぅ〜〜っ……!!」と枕に顔を突っ込んで恥ずかしさに呻く。

そりゃあソフィーにも心配されるし、こんな時でも私の晩御飯を考えてくれてる夏臣に合わせる顔がない。

本当に私の中にこんな自分がいるなんて思いもしなかった。

(でもそんな私でも夏臣は抱き締めてくれたし、好きだって言ってくれたから……)

そんな自分も今はちゃんと否定せずに受け入れられる。

だから丸めていた身体を起こして、両頬を強めにぱんぱんと叩いた。

「よしっ。それはそれ、これはこれ」

開き直るように自分にそう言い聞かせて大きく頷く。

今はまだ分からないことばかりだけど、だからこそ焦らずに夏臣との時間をひとつずつ大事にしていこう。

私は夏臣が好き。

それだけは間違なく胸を張れる強い気持ちだから。

だから焦らずに自分らしく夏臣と進んでいこう。

そう思って深呼吸をすると、さっきまでのもやもやした気持ちが晴れて、のぼせていた頭がすっきりとクリアになっていく。

『今日は夏臣のカレーが食べたい気分だから、一緒に作らない?』

『了解。じゃあ三十分後に買い出しで大丈夫か？』

夏臣のメッセージにいつも使ってるブサネコの『了解！』スタンプを送る。

すぐに既読がついて、何だかすぐそばに夏臣のぬくもりを感じて嬉しくなってしまう。

「じゃあ、お買い物に行く準備しなくちゃね」

着替えの服をクローゼットから出して洗面所に向かうと、頭を冷やすために冷たいシャワーを浴びようと浴室の扉を閉めたのだった。

8章 恋愛初心者の精一杯

ユイとの旅行が終わって一週間ほどが経った。

つまりユイと彼氏彼女の関係になってから一週間ほどが経ったわけだけが、ユイと恋人になってから新しく知ったことがある。

俺の彼女は結構な甘えんぼうだということ。

例えば一緒にスーパーに買い出しに行く時なんかは、隣から手を繋ぎたそうにちらちらと俺の手に視線を向けている。

でも未だに自分からそれを言い出すのは恥ずかしいらしくて、困った様子で顔を赤らめながら指先をもじもじとさせている。

そんなユイがめちゃくちゃ可愛くて、ずっと見ていたくなる気持ちを堪えて俺から声を掛ける。

「手、繋いでいいか？」

「うんっ」

ぱぁっと笑顔を咲かせながら大きく頷いて、でも遠慮がちに俺の手を握り返してくれる。

ユイの俯いている横顔を見ると、にへらっと幸せそうに口元を緩ませてるのが最高に可愛らしくて堪らない。

俺が晩飯の仕込みや調理でキッチンに立っている時も、普段ならユイの出来ることが終わったら日課の猫動画のチェックに精を出していたのに、今は俺の隣に立ってることが多くなった。

さすがに料理中だと手を繋いであげることは出来ないので、手の空いた時に頭を撫でてあげたりすると、気持ち良さそうに目を細めてはにかんでくれる。

これもまた最高に可愛い。

そして晩御飯の後、俺の部屋でお互い自由に過ごしてるまったりした自由時間。

ユイは俺のノートパソコンで動画を見たり映画を見たり、最近では運動不足を気にしてストレッチをしていたりしていて、俺はベッドで壁を背にスマホをいじってたりすることが多い。

各々が思い思いに自由に過ごしながらも、ユイが顔を赤らめながら俺の方をちらちらと窺っているのが見える。

「隣、来るか？」

「うんっ」

いそいそとノートパソコンを持って俺の隣に座ると、ちょこんと肩に寄り掛かってにへらと幸せそうに微笑みながら動画の続きを見る。

さらに自分の部屋に帰る時間が近付いて来ると、時計を見ながら寂しそうな顔でそわそわし始める。

それでもユイ自身は甘え過ぎないようにしようと、頑張って我慢しようとしている姿もまた本当にいじらしくてめちゃくちゃ可愛い。

……と、数を上げればキリがないほどに、うちの彼女は甘えんぼうだった。

ユイの控えめな性格的に駄々甘えてくるという感じではないものの、とにかく素直で隠し切れてない好意が可愛くて堪らない。

恋人になってからはこういう物理的な距離はもちろんだけど、心の距離感もより近くなったと思う。

ユイ本人は無意識というか自然に好意が漏れてしまってる感じのようで、それを尋ねてもきょとんとしてから恥ずかしそうに「……ごめん」と謝るだけだったけども。

とにかく俺としても、甘えんぼうなうちの彼女が可愛くて仕方ないというわけだった。

とは言うものの、俺はユイ以外の人と付き合った経験もなければ他の人の恋バナを聞くこともないので、あくまで俺はユイが甘えんぼうだと思ってるだけではあるけども。

そんなことを思い返しながら歩く夕暮れ時の雑多な飲み屋街。

慶と湊にまだ修善寺旅行のお土産を渡せていなかったので、色々と世話になった二人にはそれぞれから付き合うことになった報告はしておこうと、ユイと一緒に開店前のブルーオーシャンに足を運んでいた。

「じゃあしたら、ついにおめでとさんってことでいいのか？」

「まぁ……お陰様で」

カウンター席で照れながら曖昧な返事をする俺を見て、野次馬心で身を乗り出していた慶が満足そうに大きく頷く。

ちなみに二人同時に話すのは照れ臭いのと気まずいのとで、ユイと湊は外のテラス席で話をしている。

ひとまずは俺も世話になった友人への報告を無事に終えて肩の荷が降りて一息つく。

「ま、その早いんだか遅いんだか分かんないペースが夏臣って感じだけどな」

いつもの飄々とした調子で慶がけらけらと笑い声を上げた。

褒められてるのか、ダメ出しされてるのか分からないけども、慶が楽しそうなのでとりあえず適当にお礼を返しておくことにする。

最初から思い起こせばユイと出会ってからは約四ヵ月半くらい。

基本的に焦らずゆっくりと仲を深めて来たとは思う。

ほぼ毎日顔を合わせてるし、その間にもお互いに深く踏み込むようなことも色々とあった。

仲良くなるペースが早かったのか遅かったのかは分からないけど、でも花火大会デートから海でのバーベキュー、二人で旅行に行ったと思ったら付き合い始めました……と、確かに慶から見れば急に付き合い始めたようにも見えるのかもしれない。

「じゃあ恋人としても少しくらい進展したのか？」

「……いや、そういうのは特に」

歯切れの悪い俺の返答を聞いて、慶が首を傾げてから笑い声こぼす。

「そういうとこ焦らないのも夏臣らしいな」

その言外に『二人で旅行に行って告白し合ったのに何もないのか』と言われてるような気もしないではないけども。

確かに今時のドラマや漫画、小説でももう少し進んでると言われたらその通りだとは思う。

でも今でも俺とユイは十分に満足した幸せな時間を過ごせているので、俺たちはこれで良いんだと思う。

もちろん俺自身はユイに女の子としての魅力は感じるし、好きな相手との愛情表現に興味がないわけではない。

以前よりも無防備に甘えてくるユイの可愛さは、もう言葉では言い表せない破壊力がとんでもないし、男心をくすぐられることも多々ある。

でもユイが甘えて来るのは恋人としてもう一歩進んだ関係を望んでのことじゃなくて、ユイの自然な愛情表現だと分かっているので、俺からその領域を強引に侵す事はしない。

ユイは何度も俺のことを好きだと言葉にして伝えてくれるからこそ、信頼してもらってる彼氏としてその距離感と自分の欲をイコールで繋げたくはないと思っている。

こんな俺だからこそユイが心を開いてくれたんだと思うし、好きになってくれた。

だから恋人になっても、ユイが安心して笑っていられるようにしてあげたい。

それは最初からずっと変わってない俺の考え方だから。

「これが俺たちらしい形だから、これでいいんだよ」

俺が笑いながらそう口にすると、慶が少し驚いた後ですぐにけらけらと笑った。

「そいつは幸せそうで何よりだ。改めておめでとさん」

「本当に慶には世話になったよ。俺も改めてありがとな」

二人で笑いながらいつものようにこぶしを軽く当てる。

「でもたまにはオレとも遊んでくれよ。ヴィリアーズ嬢に夏臣を取られるのも寂しいからさ」

「当たり前だろ。変な遠慮すんなって」

そんな冗談を言い合いながら、慶が作ってくれたノンアルコールカクテルで乾杯をした。


一方その頃、テラス席では。


「……え、そんなにエモい雰囲気でコクられたの？　ヤバくない……？」

湊さんが顔を赤らめて息を呑みながら、テーブル越しに私に向かって身体を乗り出していた。

「こ、告白されたと言いますか、私からもしたと言いますか……」

初めての二人きりでの旅行、ライトアップされた竹林の小径と温泉上がりの浴衣、それにペルセウス座流星群の極大というダメ押しまで付いた最高のシチュエーション。

私的にはこれ以上ないロマンチックな告白だったけども、湊さん的には『エモい』という表現になるらしい。

たぶん『emotional』のことだと思うので、良い意味で興味津々に前のめりになっているのは十二分に伝わってくる。

ソフィーも『甘ったるい最高のシチュエーション』と言ってたし、ひとまず私と夏臣の告白シチュエーションはだいぶ整っていたらしいと把握して、湊さんが出してくれたアイスティーを傾けて気持ちを落ち着ける。

「それでコクり合って……その後は、その……どうしたの？」

前のめりになっていた身体を椅子に深く戻すと、湊さんがグラスの中の氷をストローでカラカラと弄びながら何かを期待してるような視線で私を窺ってくる。

「えっと、それからしばらくはベンチで流星群を眺めて……それから手を繋いだまま、一緒に部屋に戻って……」

「うん……」

「離してたお布団を、隣に敷き直して……」

「うん……」

「その……手を繋いたまま……」

「うん……」

「……一緒に、寝ました……」

何とか絞り出すように湊さんへとあらましを説明する。

あまりに顔が熱くて、燃えてしまいそうなほど恥ずかしい。

でも色々と相談に乗ってくれた友達にはちゃんと話さないといけないと思うので、死んでしまいそうなほど恥ずかしいのをぐっと堪えて顔を上げる。

「え？　それだけ？」

湊さんがハテナを浮かべながら、きょとんと目を瞬かせる。

デジャビュだった。

電話だったので顔は見れなかったけども、きっとソフィーもイギリスでこんな顔をしていたんだろうな、と直感的に理解して私の顔の熱も引いていく。

「で、でもですね？　好きな人と手を繋いで眠るのって、すごく良いんですよ……？　もうほんとに溶けちゃいそうになると言いますか……」

「いやまぁ、そりゃあ良いんだとは思うけどさ……」

何とかこの感動を伝えたくて必死に湊さんに食い下がってみる。

夏臣と恋人になってからもう一週間が経つけども、私の気持ちは慣れるどころか日に日に惹かれてしまう一方だった。

自分の部屋にいると夏臣にメッセージを送る理由を探してしまうし、夕方には夏臣と買い物に行くのが待ち遠しいし、一日一緒の部屋で過ごしてても晩御飯の後に一人で部屋に帰るのはものすごく寂しくなってしまう。

でも夏臣を困らせないように頑張って寂しい気持ちを顔に出さないようにしてると、夏臣が私の気持ちを察して手を繋いでくれたり、頭を撫でてくれたりしてくれるのが、胸がきゅんとして堪らないほど愛しくなる。

「いいですか、湊さん。想像してみて下さい。鈴森さんと手を繋いで、穏やかな気持ちで一緒に眠るって」

「いや、なんでうちがそんなことを……」

「良いから、ほら目を閉じて想像して下さい。ちゃんと」

「う、うん……分かった……」

私が強くお願いすると、湊さんが素直に両目を閉じて小さく頷いてくれる。

そのまましばらく待つこと数秒。

私がアイスティーを一口いただくと、湊さんがゆっくりと目を開いた。

「……いや、ごめん……確かにヤバいかも……」

困ったように顔を赤くしながら、湊さんが弱々しくそう呟いた。

自分の感動を共感してくれた湊さんがものすごく可愛くて、胸がきゅーんと痺れてしまう。

もっと色々と聞いてみたくなるのをひとまず堪えながら、共感してもらえたことに自信を持って力強く答える。

「だから私はそれだけで十分なんです」

「いや確かに幸せなのは分かるけどさ……」

「けど？」

「確かにユイはうちから見てもすごい可愛いし、初心で素直なところが良いところだと思うよ。でも片桐はそれで大丈夫なのかなって」

「え？　大丈夫って……」

「いや、うちも誰かと付き合ったことあるわけじゃないから、店のキャストさんたちから聞いただけの話なんだけど……」

湊さんが神妙な表情を私に向ける。

何だかその真剣な様子に浮かれていた気分がゆっくりと引いて、私も湊さんに姿勢を正して言葉の続きを待った。

「『男の好意に甘えてると、その内に他の女に盗られる』って……」

「えっ……？　と、盗られる……？」

考えもしなかった言葉に思わずごくりと息を呑む。

自分の目が丸くなって、強張った表情が引きつっていくのを感じる。

確かに私は今すごく幸せで満たされてるけど……夏臣も同じかどうかは、聞いてみたことはない。

手を繋いでもらって、頭を撫でてもらって、ごはんも作ってもらって。

（確かにそれって、私が一方的に甘やかしてもらってるだけでは……!?）

そのことに気が付いて愕然とする。

そう言えば新城さんも前に夏臣のことを『有り』だってって言ってたし、夏臣は自分から積極的に周りとコミュニケーションを取らないだけであって、むしろ少し話せば夏臣の魅力なんて簡単に分かっちゃうわけで、そうしたらきっと夏臣のことを好きになっちゃう子だって……。

「あっ……あぁぁ……っ……」

そう思った途端に、顔から一気に血の気が引いた。

もし夏臣に『他に好きな人が出来た』なんて言われてしまったら――

「そ、そんなの嫌っ……！　絶対に嫌ですっ……!!　わ、私……！　私、どうすればいいんですか……!?　私にどうにか出来るんですかぁ……!?　ふえぇぇっ……!!」

「ちょっと待って落ち着いて!!　ね!?　この話まだ途中だから!!」

「と、途中って……？」

「『だからちゃんと好きでいてもらうために、自分も努力しないとだめなんだよ』って話！　ユイは大丈夫だから泣かないの⁉　ね⁉」

湊さんが席を立って私に駆け寄ると、泣きそうになってる私を必死にあやしてくれる。

「片桐はユイのこと溺愛してるから盗られないから‼　ね⁉」

「ふぇぇ……！　でも、でも湊さぁん……っ……‼」

湊さんが私の両手を握りながら、必死に大丈夫だと繰り返し言い聞かせてくれる。

店内から夏臣と鈴森さんが身を乗り出してこっちを窺ってるのが見えた気がするけども、申し訳ないことに私はもうそれどころじゃない。

湊さんが『シッ！　シッ！』と店内の二人に手を振ってから、私の顔を両手で包んで必死になだめてくれたお陰で、何とか現実の世界へと帰って来ることが出来た。

「ご、ごめんなさい……その、ものすごく取り乱しちゃって……」

まさか自分でもこんなに取り乱してしまうとは思ってもおらず、恥ずかしさで熱くなった顔を俯けてアイスティーを口に含む。

「でも、湊さんが教えてくれたこと……分かる気がします」

ようやく落ち着いて湊さんが教えてくれたことを冷静に見つめる。

「盗られるとかじゃなくても、私は夏臣の優しさに甘え過ぎてたかなって。だからあんなに深く刺さっちゃったのかも知れません」

「ユイ……」

悲観的にならないように、ちゃんとその事実を受け止めて湊さんに微笑み返す。

私だってちゃんと夏臣が好きだから。

だから私も夏臣が喜ぶ顔が見たい。

私のことを好きって言ってくれるなら、私だって彼女にしか出来ないことで夏臣を喜ばせてあげたい。

「私、ちゃんと夏臣に好きでいてもらうために頑張りたいです」

だからちゃんと心からその言葉を口にする。

「うん、それが良いと思う。ユイの良いところを大事にね」

「はい、自分の良いところですね」

湊さんに頷いて考えてみる。

私の良いところ。夏臣が好きになってくれた私。

この先も夏臣と一緒にいるために、私が大事に守らなくちゃいけないところ。

「…………ん？」

考えてみたら、夏臣は私のどこが好きなんだろう……？

好きとは何度も言ってくれたけど、でも具体的にどこがとは聞いてない……気がする。

私が夏臣の好きなところなんかいくらでも挙げられるのに、私が好きでいてもらってるところがひとつも思いつかない。

むしろ考えれば考えるほど私は夏臣に色々としてもらってばっかりで、おなかいっぱい食べさせてもらって甘えてるだけのような気がしてならない。

今さらながらその事実に気が付いてまたしても愕然とする。

「湊さん、どうしよう……私、やっぱり捨てられちゃうかも……」

「え、何？　今のどういう流れ？　とりあえず泣かないの！　大丈夫だから！　ね⁉」

また半べそをかいている私を湊さんがさっきと同じように必死にあやしてくれる。

今、夏臣に捨てられてしまったらまた留学するしかない……！

そしたら次はもう恋なんてしないようにインドで出家して世俗を離れよう。

あ、それかオーストラリアで野生の動物たちに囲まれながら生きていくのも良いなぁ。

ソフィーは何だかんだ言って私に甘いから、泣いて頼めば許してくれる気がするし――

「I've the perfect idea（良いこと思い付いた）……. I shall turn into a cat（そうだ、私は猫になろう）……. Then I can work in a cat café（猫になって猫カフェで働きたいなぁ）…….

What a wonderful plan（うん、きっとそれがいい、楽しそう）……Ahaha（あはは）……」

「ちょっとユイ？　早く帰っておいで、おーい？」

さっきよりもだいぶ遠くに行ってしまっている私を湊さんが暖かく微笑みながら優しく撫でて呼び戻してくれる。

湊さんが紅茶のおかわりをグラスに注いでくれて、言われるがままにそれを傾けると私もようやく現実の世界へと戻って来れた。

「ま、ユイはそういう素直なとこが可愛いんだからさ。もっと何も考えずに片桐に甘えればいいと思うよ。全力で」

「でも私はすでに十二分に甘えっぱなしでして……これ以上に甘えるとなると、それは多分もう介護レベルになってしまうと言いますか……」

それでも納得が出来ない私の話を訝しげに聞いてる湊さんが、はぁと溜息交じりに肩を竦めて呟く。

「だったらキスでもしてあげたら？」

「…………ふぇ？　キ……Ｋｉｓｓ？」

湊さんの口から出て来た予想外の言葉で、口を半開きにしたまま身体が固まった。

「そしたら片桐も分かりやすく喜ぶよ。デレデレになるんじゃない？」

「で、デレデレって…………──」

あまりに唐突な提案にぐんぐん顔が熱くなって、耳から蒸気が噴き出してしまいそうになる。

思わず必死に両手と顔を左右にぶんぶんと振りながら答えた。

「い、いやいやいや……！　な、夏臣はそんな人じゃないし……！」

「あれでも一応は男でしょ？　ユイがしてあげたら絶対喜ぶって。ユイみたいな可愛い子だったら男じゃなくても喜ぶと思うし」

やれやれと首を竦めながら湊さんが当然のようにそう口にする。

「そ、そんなの……じゃあ、湊さんでも嬉しいですか……？」

「まぁユイなら嬉しいかな」

ちょんちょんと自分の頬を指差して湊さんがいたずらっぽく微笑む。

からかわれてるのは分かっていても、思わずその笑顔に私の方がドキドキさせられてしまう。

……当然、私だってそういうことを考えたことがないわけじゃない。

でも恋愛初心者の私は手を繋ぐだけでも嬉しくて、優しく撫でられたら幸せで、キスで伝えられるものが本当に良く分からなかった。

すぐ近くで好きな人の体温を感じられるだけで、心が溶けてしまいそうなくらい十二分に満たされてしまうから。

（……でも時々、優しく抱き締めてもらいたいなって……思っちゃったりするけど……）

でもそれがどういう気持ちなのか自分でも良く分からない。

夏臣のことは本当に好きだし、キスをすること自体は……嫌じゃない。

それは自信を持って言えるけど……。

でもそれをどういう気持ちですればいいのか分からないし、少なくとも私のことを好きでいてもらうためにするようなことじゃない気がする。

「……やっぱり私って、本当に子供ですね」

自分の気持ちをごまかすように苦笑いを浮かべると、そんな言葉がこぼれてしまう。

前にソフィーに言われたことがずっと胸の奥で小さなトゲのように引っかかっている。

私には分からないことが多すぎて考えれば考えるほど分からなくなってしまう。

そんな私を見て湊さんが可笑しそうに小さな笑い声をこぼした。

「ほんとに素直で真面目だね、ユイは」

「え……？」

首を傾げる私に湊さんが優しく目を細めてくすりと微笑む。

「飽きるとか盗られるとかは正直うちも経験ないから分かんないけどさ。でもユイがめいっぱいに好きって伝えるだけで片桐が喜ぶってことは良く分かるよ」

「湊さん……」

「だから好かれてる自信持ちなって。それはうちが保証するから」

まっすぐに私を見ながら、湊さんらしい笑顔でそう言ってくれる。

私が好きになった人は私を私らしくいさせてくれて、どんな私でも向き合ってくれる。

だからその代わりに、私はちゃんと素直な私でいなくちゃいけない。

恋人になったことで浮かれてしまって、そんなことも忘れてしまっていた自分を反省する。

「私がもっと素直に甘えられたら、それで夏臣が喜んでくれるなら……うん、それは嬉しいな……」

左手のブレスレットにそっと右手を添えて呟く。

自分を信じるのは難しいけど……でも、湊さんが言ってくれることなら信じられる。

それに私が好きになった人は、すごく誠実な人だから。

だからもう一歩だけ、勇気を出して素直になってみたいと思う。

そう思っただけで、さっきまでのくよくよしていた気持ちが消えて心が晴れていく。

柔らかく射しこむ夕陽も、お店の裏手に流れる川のせせらぎも、急に視界が開けたように周りの景色がちゃんと見えてくる。

「片桐は幸せ者だね。ユイみたいな素直な子に好きになってもらえて」

「それを言うなら、鈴森さんだって十分に幸せ者だと思いますよ」

「うちにユイくらいの可愛げがあったらね」

「湊さんは十分過ぎるほど魅力的です。私が保証しますから、信じて大丈夫です」

「あはは、そう言われたら信じるしかないね」

お返しにさっきの湊さんと同じことを伝えると、湊さんが少しだけ驚いてからすぐに微笑んで肩を竦めた。

それから二人で声を出して笑っていると、テラス席へと続くドアが開いて夏臣が顔を出す。

「そろそろ開店時間だから、俺たちもおいとまするか」

「ん。そうだね」

夏臣に頷いて湊さんとテラス席から立ち上がる。

エスコートしてくれるように前を歩く湊さんが、私に振り返って店内のステージを指差す。

「ユイも今度歌いにおいでよ。片桐のピアノ付きでさ」

「はい。夏臣にお願いしてジャズの曲を練習しておきますね」

湊さんとそんな約束を交わしながら、バーカウンターにいる鈴森さんにも一礼をして、夏臣と一緒に晩御飯の買い物に向かった。

9章 いともかしこし

「夏休みももうすぐ終わりなんだな」

洗い終わった食器を食器棚に戻しながら、目に入った置き時計の日付を見て不意にそんな言葉がこぼれる。

八月ももう四週目。

東聖学院の夏休みは八月いっぱいなので、もう半分以上が過ぎたことになる。

「そっか、今年の夏は楽しいことでいっぱいだったからあっと言う間だった気がするなぁ」

ユイがこの夏の色々な思い出を思い返しながら、楽しそうに食事後のテーブルを拭く。

俺も今年の夏休みは一生忘れられない思い出ばっかりだ。

(でもそれを言うなら今年の春から……いや、要はユイと出会ってからになるか)

去年までもそれなりに楽しくやってはいたつもりだったけど、今年と比べたら何もかもが違い過ぎる。

ユイと出会って俺の世界が広がった。

大げさじゃなくそう言い切れるくらいの時間を過ごせたから。

一人じゃ見ることが出来なかったものも、一人では感じられなかったことも。

自分でも知らなかった自分を知ったり、ユイが一緒にいてくれたからこそ見えたことがたくさんだった。

火にかけていたヤカンを取って、茶葉をセットしたポットにお湯を注ぐ。

このティーポットもユイが自室から持って来た私物で、うちにあった安物のマグカップとユイのブランドもののマグカップが並んでる絵面も当たり前に見慣れた。

晩御飯の片付けが終わると、日課の猫動画チェックをするためにいそいそと俺のノートパソコンを開いてるユイに淹れたての紅茶を手渡す。

俺もベッドに座って壁に寄り掛かりながらスマホを手に取って食後の一息をつく。

同じ部屋でそれぞれが自然に過ごせてるこの空気が本当に居心地が良い。

お互いが喋らなくても気にならないどころか、そこにユイがいてくれるっていうことだけで心が休まると言うか。

でも最近はまたそれにプラスして変わったこともある。

「……ねぇ夏臣。隣、行ってもいい？」

ユイが俯きながら、遠慮がちに俺を見上げてそう尋ねて来る。

「ああ、もちろん」

少し横に移動してスペースを空けると、ユイが嬉しそうにノートパソコンを持ったままベッドの上を膝立ちでちょこちょこと歩いて俺の隣にちょこんと座って壁に背中を預ける。

小動物的なこの仕草だけで可愛いのに、隣で満足気な微笑みを表情を浮かべてるのも最高に可愛い。

でも、これだけではまだ終わらない。

分かりやすく細い肩を上下させせながらゆっくりと深呼吸をして、意を決するように小さく頷いてから上目遣いで隣の俺を覗き込む。

「手も、繋いでいい……？」

「当たり前だろ」

俺の方が我慢出来なくてユイの手に自分の手を重ねる。

指と指を絡める手のつなぎ方、通称『恋人繋ぎ』。

もちろん普通に手を繋ぐのも良いけど、こっちの方がぴったりと密着してユイのぬくもりも柔らかさもより強く感じられる。

「いちいち断ることないって言ってるのに」

「でも夏臣が『いいよ』とか『当たり前だろ』って言ってくれるの、好きだから」

すぐ隣でにへらっと幸せそうな笑顔を向けてくれる。

前までだったら可愛すぎて顔を背けたりもしていたけど、今はこの可愛さを笑顔で受け止められるようになった。

それは慣れたということではなく、俺の中の『ユイが可愛い』を受け入れるキャパシティが広がったイメージで、いちいち顔を赤らめて深呼吸をしなければならなかった頃とは違う、我ながらすごい進歩だと思っている。

と、まぁこんな感じで、ユイが積極的に自分から甘えて来てくれることが多くなった。

今でもこうやってひとつひとつ一生懸命に喜んでくれるのは本当に愛おしいし、恥ずかしいのを精一杯に堪えながら、それでも頑張って甘えてくれるのがたまらなく可愛い。

隣からユイと一緒になってノートパソコンに映っている猫動画を眺めていると、

「……夏臣」

ユイが遠慮がちに小さな頭を俺の肩に乗せてくる。

長くて綺麗な髪がふわりと甘い匂いを漂わせて、毛先がさらりと俺の右腕をくすぐった。

視線を隣に向けると、長い髪の隙間から覗く耳が真っ赤になっていて、ユイが勇気を振り絞って甘えてくれていることを証明している。

(これは、ユイの新しい甘え方……!!)

あまりの破壊力に俺のキャパシティの限界を一気に突破されてしまう。

赤く染まった口元を空いてる左手で押さえながら、顔を逸らしてバレないようにゆっくりと深呼吸で冷静になろうと努める。

二人きりの部屋の中、ベッドの上で右の肩から腕全体にかけてぴったり重なるユイの体温。

鼻先から香って来る丁寧に手入れされた甘い髪の匂い。

恥ずかしさを必死に堪えるように絡めた指先にきゅっと力がこもる。

（これはさすがに……やばすぎるだろ……!!）

心の中で白旗を力一杯に振り回す。

降参をしたところで何になるのか分からないが、可愛さと愛しさが溢れ過ぎてもう自分でもわけが分からなくなってしまう。

「……夏臣があったかくて、すごく幸せ……」

ゆっくりと幸せを噛み締めるようにユイが呟く。

もう俺はユイが可愛過ぎて死んでしまいそうだった。

胸が高鳴り過ぎて爆発してしまいそうになりながら、空いてる左手で眉間を強く押さえて何とか心を保とうと努めた。

こく、とユイが息を呑む音が密着した右腕から伝わってくる。

繋いだ手に力がこもって、ユイの身体が緊張で微かに力むのが分かった。

一瞬だけためらうように吐息を漏らして、それでも自分を鼓舞するかのように小さく頷くと、ユイが顔を上げてささやくように俺の名前を呟いた。

「……夏、臣……」

――ユイとの距離が近過ぎる。

目の前の透き通った青い瞳は緊張のせいか微かに潤んでいて、ユイがわずかに小さく唇を噛むのが見えた。

か細く吐息を震わせながら、切なそうにユイが瞳を細める。

ユイの微かな吐息が感じられるほどに近い距離。

身体が強張って上手く息が出来ない。

無意識にごくりと唾を飲み込む。

目の前のユイから目が離せない。

「その……私、ね…………？」

言いかけた言葉をそこで止めて、ユイが意を決するようにゆっくりと目を閉じた。

薄い唇を微かに震わせながら、俺に向けてそっと細いあごを持ち上げる。

──これはもう、疑いようがない。

絡ませた指先が微かに震えていて、ユイが勇気を振り絞ってるのが伝わってくる。

俺の心の準備なんか何も出来てない。

でもユイがこんなに勇気を出してくれてる。

だから俺も彼氏としてしっかり応えないといけない。

その一心で俺も無意識に目を閉じて。

引き寄せられるように、俺とユイの距離がゆっくりと近づいて──

ドガァァアァァアァァアァァアァァァアァァンッッッッッッ!!!!

パソコンから響いた大爆発音に二人ともが飛び上がった。

さっきまで癒しの猫動画が流れていたはずの画面には、派手な爆発シーンが連発するアクション映画の広告が流れている。

二人とも目を真ん丸くして心臓を押さえながら、お互いに顔を背けて浅い呼吸を必死に繰り返す。

「「うわぁああぁあぁぁあぁっ⁉」」

（お、俺……今、何しようとしてた……⁉）

信じられないほど早鐘を打っている心臓に手を当てながら、ひとまずめちゃくちゃうるさいパソコンを閉じて、混乱している頭を何とか落ち着かせようと懸命に深呼吸を繰り返す。

もう本当に触れそうなほど近くにユイの顔があって、偶然の邪魔が入らなかったら――

遅れて全身に血が巡って来て、変な汗が服の下をだらだらと伝っていく。

ちらっと隣に視線を向けると、ユイも胸を両手で押さえながらベッドの上にうつ伏せに倒れて動かなくなっていた。

自分の髪の海に沈み込んだままぴくりとも動かないユイが若干心配になるが、俺もそうなっ

てしまう気持ちが良く分かるので、ひとまず後ろの壁に背を預けながら両手で顔を覆って心を無にしようと頑張った。

そのままお互いに動かざること十分ほど経った頃。

ユイがのそのそと起き上がって、隣で俺と同じように壁に背中を預ける。

膝を抱きながら丸まったユイの横顔は髪で隠れていて、俺からはどんな表情をしてるのか分からない。

俺もなんて声をかければ良いか分からず無駄に頬を掻いたりしていると、ユイが消え入りそうな声で呟く。

「……ごめん、その……変な感じに……しちゃって……」

「いや、俺の方こそごめんって言うか……その、ユイが謝ることじゃないだろ……？」

「ううん……私の方が……その……ごめん……」

膝を抱えてる小さな手がぎゅっと握られる。

今もユイがどんな顔をしてるかは分からない。

恥ずかしいのか、照れてるのか、困ってるのか、泣きそうなのか。

いや多分その全部が混ざって、ユイ自身も何が何だか分からなくなってしまってるような気がする。

俺も燃え尽きたように頭が回らないし、でも嵐の後の静けさのように気持ちが凪いでいた。

そんな混乱してる中でも、ユイがまたぽつりと「……ごめんなさい」と呟く。

だから何も考えられなくても、俺が今するべきことは決まっている。

「……もう謝るなって」

ユイの肩にそっと手を回して優しく抱き寄せた。

一瞬だけ微かな抵抗をしながらも、すぐにユイから力が抜けて俺に身体を預けてくれる。

そのまま肩に回した手で、出来るだけ優しくユイの頭を撫でながら耳元で囁く。

「……俺だってああいうこと……興味はあるから」

青い瞳を丸くしてユイが顔を上げた。

まだ少し頬を赤くしたまま、青い瞳を潤ませて隣から俺を見上げる。

「だから少しも嫌じゃなかったし……その、謝らないでくれよ……」

まだ俺も上手く気持ちの整理はついてないけども、でもユイに安心して欲しくて出来る限りの優しい笑みを浮かべて見せる。

驚いているユイの顔がまたゆっくりと赤く染まって、さっきと同じように背中を丸めて、抱き寄せた膝に顔を隠してしまう。

俺も天井を見上げて深く息を吐き出しながら、可愛いユイの頭をそっと撫で続ける。

確かに俺も突然のことで驚いたし、頭も真っ白になった。

でも嫌なんて微塵も思わなかったし……むしろ、したいと思った。

だからユイにさっきのことを後悔なんてして欲しくなくて、俺の気持ちを沁み込ませるように何度もユイのことを撫で続ける。

「その……夏臣も、ああいうこと……興味、あるの……？」

ユイが戸惑いながら少しだけ顔を上げて、膝との隙間から俺を窺いながら呟く。

改めて聞かれると恥ずかしくもなるけど、ユイだけに恥ずかしい思いをさせたくないので正直に答える。

「……そりゃあああるよ。ユイのことは好きだし、俺だって男だし。でも……」

上目遣いで俺を覗いてるユイに顔を向けて、ちゃんと目を見てハッキリと伝える。

「ユイに無理をさせてまでしたいとは思わないけどな」

「夏臣……」

「だから謝らないで欲しいし、無理に焦らないでいい」

少しだけ目を丸くした後、ユイが困ったような微笑みでくすっと笑い声をこぼした。

「夏臣はどこまでも私のことばっかりだね」

「ああ。俺がわがままなのはユイが一番よく知ってるだろ」

「ん。久しぶりに聞いたね、その台詞」

俺のおどけた答えにユイも同じく茶化すように返してくれる。

それでようやく張り詰めていた空気が緩んで、いつも通りに笑い合うことが出来たことに胸を撫で下ろす。

「……私、夏臣の彼女だから頑張らなきゃって……ちょっと焦っちゃってたかも……」

眉を下げて少しだけ申し訳なさそうにしながらユイがもう一度謝る。

彼氏としてはこんなに可愛い彼女があんな風に頑張ってくれるのは嬉しい以外の何物でもないけども、今はユイに何も言わずにそっと頭を撫でて応える。

「……でも夏臣が嫌じゃないなら……私も彼女として、ちゃんと頑張りたいから……」

ユイがそう言って頰を赤く染めたまま微笑む。

「だから、もう少しだけ待っててね。それじゃまた明日。ばいばい」

照れた顔を隠すように手を振って、ユイが足早に俺の部屋から出て行く。

玄関が閉まる音がして、俺はベッドの上に取り残されたまま固まってしまっていた。

「……ちゃんと、頑張りたいって」

ユイが去り際に残したその言葉に何か色々と想像力を掻き立てられてしまいそうになるのを、両頰を強く張り付けて頭をぶんぶんと振りかぶる。

「よし、とっとと風呂でも入ろう！　冷たいシャワーでも浴びて！」

誰もいない部屋で自分に言い聞かせるようにそう宣言する。

それからやっぱりあの時に止めてくれて良かったなと内心で感謝をしながら、ベッドの上に取り残されていたノートパソコンをひと撫でして電源に差し直してあげた。

◇　◇　◇

そしてその翌日の夕方。

日用品の買い出しついでに寄ったスーパーで、カマーベスト姿の湊とばったり鉢合わせた。

「あ、片桐じゃん」

「珍しく一人みたいだけど、カノジョは？」

「お姉ちゃんから荷物が届くらしくて留守番。藍沢は店の買い出しか？」

「そ。カクテルとかで使う果物をね」

そう言いながら湊が果物コーナーの品物を手に取って品定めをしていく。

指先で皮の張りを見たり弾力を確かめたりする姿が手慣れていて様になっている。

「アンタさ。昨日、ユイと何かあった？」

「え？　何かって……」

思わぬド直球な奇襲に間抜けな声が出てしまう。

「ユイと電話した時に何か様子が変だったから」

湊の鋭い追い打ちに心当たりがあり過ぎて思わず目が泳ぐ。

昨日の内容が内容なだけに笑ってごまかそうとするが、湊が訝しげな視線でじっと俺を見つめて逃がしてくれない。

（藍沢も友達想いだもんな……）

恐らく退かないであろう空気を感じ取って観念する。

「……あのさ、彼女だから頑張りたいって……どういう意味だと思う？」

昨夜、文字通り冷水のシャワーで頭を冷やした後にふと思った疑問。

もちろん昨日のことも含めて、ユイが彼女として俺のために頑張ろうとしてくれることは間違いなく嬉しい。

それは嬉しいんだけど……でもどうして急にユイがそんなことを思ったのかが引っ掛かっていた。

「はぁ。そんなことうちに惚気られてもねぇ」

湊が溜息を吐き出しながら、割と冷ややかな反応を返して来た。

「いや惚気じゃないんだけど……」

「本人が彼女として頑張りたいって言ってるんだから。健気な彼女を持ったことを素直に喜べばいいんじゃないの？」

「それはまぁ……そうなんだけどさ」

自分から首を突っ込んで来た割には冷たい返事。

いやまぁ惚気と捉えられてしまったらそういうものかも知れないけど。

でもそもそも湊は友達想いではあるけど、クールな性格だったなと思い直す。

実際は湊の言う通りだし、可愛い彼女を喜べばいいと言われたらその通りだとは思う。

でも思い返してみると、ユイは確かに一瞬だけためらったような表情をしていたから。

まるであいう距離感になったら、恋人ならそうするべきかのような感じで、繋いでた手も、触れていた身体も、緊張とは違う感じで強張っていたように思った。

あの時は俺もいっぱいいっぱいで気付いてあげられなかったけど、後になって冷静に考えてみるとユイの様子が引っ掛かっていて素直には喜べなくなっていた。

「……俺のためだとしても、ユイには無理をさせたくないんだよな」

そう口に出してみて、自分が感じていた違和感をようやく自分でも理解出来た。

俺は素直に笑ってるユイが好きだから。

だから例え俺のためだったとしても、ユイに無理をして笑って欲しくない。

俺が好きになったのも、俺が守りたいと思ったものも、ユイの心からの笑顔だから。

「だからユイが何か不安に思ってるなら、出来る限り失くしてあげたいんだよ」

「片桐……」

俺が苦笑いを浮かべながら後ろ頭を掻くと、湊も釣られるようにやれやれと肩を竦める。

「彼女だからって甘やかし過ぎじゃない？」

「惚れた弱みってやつかな」

俺の返事を聞いて、呆れたように笑いながら湊が鼻を鳴らす。

（俺は彼女が出来たら甘やかす、なんて調理実習の時に慶にも言われてたしな……）

相変わらず俺の友人は俺のことをよく見てるんだなと感心してしまう。

甘やかしてるつもりはないけど、そのままのユイが好きになってしまった以上は仕方ない。

湊がひょいひょいと果物をカゴに入れながら、溜息交じりに笑って答えてくれる。

「じゃあそれを教えてあげなよ、あんたがどれだけ惚れてるかってさ。そしたらユイがもっと好かれてる自信が持てるんじゃない？」

そのアドバイスを聞いて、昨日のユイが言っていたことにも納得がいった。

（……ああ、そうか。ユイは俺のために好意をちゃんと伝えようとしてくれたのか）

ちゃんと俺のことが好きだと伝えるために、まだ良く分からない愛情表現でも一生懸命に気持ちを伝えようとしてくれてたんだ。

自分の気持ちよりも俺に気持ちを伝えることを優先してくれて。

だから無理をしてるような違和感が、ユイらしくない感じで引っ掛かっていたのかと気付く。

今さらながらユイの健気ないじらしさに愛おしさが込み上げて来る。

「気持ちって、伝えてるつもりでも上手く伝わらないもんだな」

「何度も言葉にしないと分からないんだよね、不便なことに」

湊がまるで慶のように飄々とした笑みを浮かべて肩を竦める。

「ありがとな藍沢。俺も慶のことだったらいつでも相談に乗るから」

「余計なお世話。でもその時はよろしく」

ほんの少しだけ驚いた後で、湊が照れ臭そうにはにかんで頷く。

慶にも湊にも世話になりっぱなしで本当に頭が上がらない。

いつか二人のことも応援出来たらと思いながら湊に笑ってお礼を伝える。

「じゃあまたな。仕事頑張れよ」

「ん、そっちも頑張ってね、彼氏さん」

去っていく湊に左手を挙げて応えると、ユイとお揃いのブレスレットが左手首で揺れた。

もう自分の一部に感じるほどに馴染んだブレスレットを見つめてに指先でなぞる。

気持ちを伝えるっていうことは本当に難しい。

これだけ近くでこれだけ一緒にいたって伝え切れないことだってある。

それなら俺はどうしたらユイのことをもっと安心させてあげられるんだろうか。

もっとユイがユイらしく笑っていてくれるように。

ユイの居場所はちゃんと俺の中にあるんだと分かるように。

ユイと約束をしたブレスレットをそっと手で包み込む。

自分の体温と混ざって溶け合うような感触。

お互いの約束を確かめられるような、ユイがいつでも俺の手を握ってくれているような感覚がとても心強く感じられる。

(……それでも、伝えるしかないよな)

足りないなら足りるまで、伝わらないなら伝わるまで。

ユイの心を満たして溢れてしまうまで、この胸の中にある気持ちを繰り返し伝えるしかない。

それが俺がユイにするべきことで、俺にしか出来ないことだから。

このブレスレットを交換した時は友達としての約束だった。

それなら、今の俺が今やるべきことは――

もやがかっていた心が晴れて、自分の中の答えがはっきりと像を結ぶ。

その答えを心に抱いて深く呼吸をすると、口元にすっきりとした笑みを浮かべながら家までの道を急いだ。

  ◇

「どうしたの、急にデートしようなんて」
夜と夕方の間の夕暮れ時。
ユイと長くなった影を引き連れながら二人分の足音をアスファルトに響かせる。
ちょうど俺が帰った時にソフィアからの荷物が届いたようで、昨日の今日でまだ少し気恥ずかしそうにしながらも俺にいつも通りの笑顔を向けてくれている。

「ユイに改めてちゃんと伝えたいことがあってさ」

「私に？」

「ああ、ユイに」

　愛らしい瞳をぱちぱちと瞬かせながら首を傾げるユイと手を繋いだまま、前に約束をしたあの場所へと向かって手を引いて行く。

　通い慣れた学校の裏手にある教会の裏手口を合鍵で開けると、ユイをエスコートするように礼拝堂の中へと足を踏み入れる。

「わぁ、すごい綺麗……」

　誰もいない礼拝堂の中、柔らかい夕陽が天窓とステンドグラスから射し込んで静かな堂内を優しい橙色に染め上げていた。

　聖堂内に敷かれた赤い身廊も、左右対称に並んだ椅子も、壇上に佇む祭壇も、夕暮れ時の太陽に暖かく照らし出されて、まるで淡く輝いているように見える。

「何かすごく久しぶりの気がするね」

「夏休みに入ってからは来てなかったしな」

　ユイ自身も柔らかな夕陽に縁取られながら、楽しそうに礼拝堂を見回して微笑む。

　夏休みは職員も学生も休みが多いので、教会の人手は基本的に十分に足りていることが多い。

なので必然的に俺とユイに掛かる声の数も減るので、ユイの言う通りここに来るのは久しぶりだった。

ユイと繋いでいた手をそっと離すと、檀上へと上がって祭壇の横にある座り慣れたパイプオルガンの椅子に座って鍵盤のカバーをゆっくりと開く。

音量と音色の調節レバーを操作してセッティングを終えると、俺を見上げているユイに振り返って尋ねる。

「前に紅茶屋でした約束。覚えてるか?」

ユイも真っ直ぐに俺を見つめ返しながら、穏やかな笑顔を浮かべて小さく頷く。

「忘れるわけないよ。二人での演奏会の約束」

まだ友達だった頃にユイにお願いされて交わした、俺のオルガンとユイの歌で二人きりの演奏会をする約束。

その約束を果たしたくてここまでユイの手を引いて来た。

俺も真っ直ぐにユイを見つめ返しながら、愛おしさを込めて微笑んで続ける。

「歌ってくれるか、俺のために」

あれはまだ俺たちが出会って間もない頃。

ユイの歌を取り戻すためにお願いした時と同じ言葉でお願いをする。

「夏臣……」

でも今はあの時のようにユイの背中を押す意味ではなくて。

ユイが日本に来てユイ自身を取り戻すきっかけになった歌を。

俺が一番最初に触れたユイをまた聞かせて欲しくて、そうお願いする。

「私の歌で良ければ、喜んで」

ユイが胸に手を当てながら、柔らかい笑顔で頷いて応えてくれる。

そしてあの時と同じように祭壇に上がって俺の隣に立つと、目を閉じてゆっくりと息を吐き出していく。

それから小さな右手を胸に当てると、誰もいない礼拝堂の中へと顔を上げて穏やかな微笑みをその顔に浮かべた。


――ああ、やっぱり綺麗だな。


一点の曇りもないユイの横顔を見て素直な感想がこぼれる。

あの時からずっと変わらない真っ直ぐな瞳。

その優しい微笑みを愛おしく思いながら、俺自身もユイと同じように笑みを浮かべてパイプオルガンの鍵盤に両手と両足をそれぞれ乗せる。

俺もユイと同じように深く息を吐き出して、小さな声でタイトルを呟く。

「五百二番」

そう言葉にしてから指先をそっと鍵盤の中へと沈めると、荘厳で煌びやかなパイプオルガンの音色が夕暮れの礼拝堂の中で静かに響き渡っていく。

讃美歌五百二番『いともかしこし』。

数ある讃美歌の中でも傑作との呼び声も高い、神の慈愛を謳った歴史ある讃美歌。

その旋律にユイへの気持ちを込めて、出来る限り優しい音色で前奏をユイの歌へと繋げる。

ユイもわずかに振り返って俺に微笑みをこぼしながら、ゆっくりと大きく息を吸い込む。

そして夕暮れの礼拝堂の中いっぱいに穏やかで優しいユイの歌声が溶け込んだ。

透き通るように美しくて、耳に心地よい歌声。

優しくて胸に沁み渡るような力強いユイの歌声が教会の中を包み込んで、隣にいる俺の心の中へもゆっくりと沁み込んで来る。

ユイの歌を後ろで支えるオルガンの音色が、逆にユイの歌に手を引かれるように自然と力強さを増していってしまう。

以前にここで聞いた歌は、ユイがもう一度歌える喜びに溢れた歌声だった。

でも今は演奏者である俺の気持ちを代わりに歌ってくれるような優しい歌声。

俺が好きになって恋に落ちた、ユイ自身の声。

ユイの心そのものとも言える歌を、今ここで俺のためだけに歌ってくれている。

ありったけの気持ちを込めた俺の伴奏に応えるように、ユイも力強く透き通った歌声で優しく俺を包み込んでくれる。

そのあまりに暖かい歌声に包まれて、胸の奥から愛おしい感情が溢れてしまうままにオルガンの鍵盤を丁寧に押し込んでいく。

そしてユイが両手をいっぱいに広げながら、ユイ自身の感情を絞り出すように最後のロングトーンを力いっぱいに強く歌い切ってくれる。

歌が終わると同時に俺の指先も鍵盤から離れて、静かで暖かな静寂が再び礼拝堂の中を包み込んだ。

目を閉じてその余韻に浸りながら、心の中に浮かび上がった言葉をそっと呟く。

「やっぱり、俺はユイのことが好きだ」

めいっぱいの幸せを噛み締めるように、後ろを振り返ってユイに愛おしい微笑みを向けた。

ユイの透き通った青い瞳が微かに丸くなって、それからゆっくりと優しく細まっていく。

少し照れ臭くなって頰を掻きながら、それでもしっかりとユイから目を逸らさずにもう一度はっきりと伝える。

「多分ユイが思ってるよりずっと、俺はユイのことが好きだよ」

「夏臣……」

ユイも愛おしそうに青い瞳を細めながら、真っ直ぐに俺を見つめ返してくれる。

俺らしくない柔らかな微笑(ほほえ)みが顔に浮かんでるのが自分で分かった。

それでもありったけの愛おしい気持ちを込めて、それが伝わるようにユイを見つめる。

今まで一緒の時間を過ごして、少しずつ心の距離が近づいて。

少しずつ一緒にいることが当たり前になって、今ではもう自分の一部になって。

「俺もユイが笑ってくれるのが嬉(うれ)しいから、俺に出来ることは何でもしてあげたくなる気持ちは良く分かるよ。でも……」

オルガンチェアに座ったまま、目の前のユイを見上げながら微笑(ほほえ)んで続ける。

「俺はそのままのユイが好きだから。だから彼女らしくとか、そんな風に焦(あせ)らなくていいんだ」

ユイが胸の前で小さな両手をぎゅっと握ると、視線を落として小さく唇を噛(か)んで俯(うつむ)いた。

俯(うつむ)いて落ちた長い黒髪がユイの困ったような表情を隠す。

「だって私、夏臣に甘えてばっかりで……夏臣のこと、ちゃんと大事に出来てるか分からなくて……だからせめて、夏臣が喜んでくれるような彼女らしくいたいって、思って……」

絞り出すようなユイの声が少しずつ濁って、弱くなって消えていってしまう。

そして言葉が途切れると、ユイが小さく首を振って苦しそうな声をくすぶらせた。

「ごめん、違うね……そうじゃないや……」

そう言って上げた顔には、まるで泣いているような苦い微笑(ほほえ)みが浮かんでいた。

前みたいに自分の気持ちをごまかすような微笑みじゃなく、自分の気持ちを呑み込めずに持て余してるような微笑み。

初めて見るユイのそんな笑顔に胸の奥がぎゅっと苦く締め付けられる。

「私が、怖かったの……夏臣の隣にいられなくなることが……」

「ユイ……」

甘えっぱなしで、何も出来ないくせに、
夏臣が好きだって言ってくれる気持ちに甘えて。

夏臣のことが好きだっていう気持ちに甘えて。

一人で生きようと決めて日本に来たはずなのに、いつの間にかもう一人になったらどうしたら良いかも分からなくなってしまって。

「だから私、必死に背伸びしようとしてた……少しでも良い彼女になれたら、夏臣が私のことをずっと好きでいてくれるんじゃないかって……」

ごめんなさい、と泣きそうな微笑みでユイが呟く。

その切ないほどの素直さが可愛らしくて、自分をごまかし切れない純粋さが本当に愛おしくて。

オルガンチュアから立ち上がると、折れてしまいそうな華奢な身体をそっと抱き寄せた。

そして俺の中にある全部の気持ちを込めてユイの耳元で小さく囁く。

「だから言っただろ。謝るなって」

突然放り込まれてしまった他人を信じられない環境で、年端も行かない女の子が敵意の視線と後ろ指ばかりを刺され続けて。

勇気をもって踏み出した一歩でさえも足元をすくわれて、それでも一人で生きようと誰も知らない場所へとやって来た。

「ユイはもう、一人で頑張らなくていいんだから」

力いっぱいに抱き締めたら折れてしまいそうなほど小さな身体が、俺の腕の中で微かに震えている。

こんなに小さな身体で一人我慢をし続けて来て、それでも俺の手を取って信じてくれた。

心を開いて、笑顔を見せてくれた。

俺の隣にいたいと願ってくれた。

今さら他人に期待をするなんて、どれだけ怖かったんだろうか。

それでも俺が踏み込むことを許してくれて、ユイ自身の笑顔を見せてくれて。

もう一度信じてくれることが、どれだけ勇気のいることだっただろうか。

だからありったけの愛情を詰め込んで、はっきりと言葉にして伝える。

「俺のことを好きになってくれて、ありがとうな」

「な、おみ…………」

ユイの身体から小さく息を呑むのが伝わって来る。

消えてしまいそうな声で、でもはっきりと俺の名前を呟いてくれる。

俺が初めて好きになった女の子。

俺が初めて守りたいと思った女の子。

いつも俺の隣で咲かせていて欲しいと思った笑顔。

ユイがもう怖がらないで済むように、心穏やかに安心して歌っていられるように。

ポケットからそれを取り出して、ユイの手のひらの上にそっと載せる。

「ユイの居場所は、ちゃんとここにあるから」

「これって……」

小さな手のひらに載せられた鍵を見てユイが微かに瞳を丸くする。

それは俺の部屋の合鍵。

お互いの左手首のブレスレットを交換した時は友達としての約束だった。

だから今度は恋人としての約束をユイに手渡す。

ユイがいつでも俺のところに入って来れるように。

ユイがいつでも俺のところに帰って来れるように。

友達ではなく、恋人としての気持ちを込めた約束をユイの手に握らせると、その手を包むように俺の両手をそっと添える。

「俺は何があっても絶対にユイのことが好きだ。だからもう怖がらないでいい。ここがユイの居場所だから」

ユイの青い瞳が揺れた。

俺の部屋の鍵を握る小さな手にぎゅっと力がこもる。

橙色(だいだいいろ)の夕陽(ゆうひ)に滲(にじ)んだ瞳を潤ませながら、小さな唇を震わせてユイが無理矢理な笑顔を浮かべてくれる。

「好き……私もやっぱり、夏臣が大好き……」

そう繰り返しながら、夏臣がくれた大切な居場所をぎゅっと握り締めた。

それから泣き崩れるように夏臣の胸の中に飛び込むと、夏臣の腕が私の背中をしっかりと抱き締め返してくれる。

――ああ、私はこの人が好きで良かった。

――この人のことを好きになれて良かった。

――この人の前で笑えるようになって、本当に良かった。

夏臣に会ってからの私は、今までの自分じゃ考えられないようなことばっかりだった。

自分が顔を上げて前を向いていられることも、遠慮なく自分を出せてしまうことも、恋に落ちてしまったことも。

そんな自分が良いなと、自分が自分を認めてあげられることも。

どんな私でも夏臣が笑って受け入れてくれるから、私が私でいても良いんだって思えた。

どんな私でも夏臣が笑って肯定してくれるから、私が私のことを好きになってあげられた。

夏臣はいつも私のことを優しく守ってくれていた。

自分で凍り付けていた私の心をゆっくり溶かしてくれた。

どんな私でも否定することなく受け入れてくれた。

――ああ、本当に好きでたまらない。

愛おし過ぎて胸が焦げてしまいそうなほどに苦しい。

もっと好きって伝えたい。

もっと夏臣のことを強く感じたい。

私に出来ること全部を使って、この愛おしさを伝えたい。

(そうなんだ、この気持ちがきっと……)

夏臣の背中に回していた腕をゆっくりと解いて夏臣を見上げる。

溢れてしまう愛おしさをめいっぱいに込めて、指先で夏臣の頬に触れる。

優しく目を細めて私を見てくれる夏臣の頬を手のひらで撫でる。

初めて自分から手を伸ばして触れた、あの夜と同じぬくもり。

ずっと埋められなかった心の一番奥に、夏臣のぬくもりが優しく沁み込んで来る。

顔を上げる。

顔に掛かっていた髪が揺れ落ちて、ステンドグラスからの光に淡く照らし出される。

昨日も感じた夏臣の息遣いさえも感じられる距離。

でも昨日とは違う、今度はどうしようもないほどの愛おしさを込めて。

ありったけの好きを詰め込んで精一杯に微笑むと、夏臣も溶けてしまいそうな愛らしい笑顔で応えてくれる。

お互いが同じ気持ちで、同じようにそっと目を閉じる。

もうお互いに見えなくても分かるほどに近い距離。

ただ愛おしいという気持ちだけを込めて、わずかに空いていた最後の距離がなくなった。

それから数秒だったのか、それとも数分だったのか。

止まってしまったのかと思うくらいの時間をかけてから、夏臣に触れていた唇をゆっくりと離す。

「夏臣……」

頭がぼーっとして、幸せでくらくらする。

穏やかで優しい幸せがこれ以上ないくらいに胸の奥から溢れてくる。

手を繋いだ時とも、頭を撫でられた時とも、抱き締められた時とも違う、言葉では言い表せ

ないような深い愛情で身体中が満たされてる。

友達では出来ない、恋人にしか出来ない好きの伝えかた。

これ以上ないと思っていた幸せがもっと大きな幸せに包まれて、じわりと視界が滲んでしまうのがもう止められそうにない。

夕焼けに染まったステンドグラスの光に優しく包み込まれながら、これ以上ないくらいの幸せな笑顔を最愛の恋人に向ける。

「私のこと……好きになってくれて、ありがとう……大好き……」

白い頬に音もなく伝う涙が、橙色の夕陽を弾いて煌めいた。

◇　◇　◇

そしてすっかりと陽も落ちて暗くなった帰り道。

ユイと手を繋いだまま、ゆったりとした歩調で川沿いの道を歩いていく。

俺たちが出会った頃はまだこの川沿いには満開の桜並木が咲いていたけれども、今は八月らしい青々とした新緑をまとった桜たちが並んでいる。

やがて葉の色を落とした桜たちが冬支度を始める時も、きっとユイと一緒にこの道を歩いてるんだろうなと思うと、愛おしさが募って繋いだ手についい力がこもってしまう。

隣のユイが幸せそうな微笑みを浮かべて俺を覗き込んで来る。

「ね、今日は夏臣の部屋に泊まってもいい？」

「え、泊まるって……」

「ち、違うよ……!?　そういうオトナな意味じゃなくて、その……！　純粋に、彼女としてっていうか……!!」

ユイらしく顔を真っ赤にしながら、空いている手を顔の前でぶんぶんと振って見せる。

キスを経験してもユイは相変わらずで、その可愛さに釣られて笑い声がこぼれてしまう。

「その……だって、今日は何かすごくそばにいたくて……だめかな？」

「ダメなわけないだろ。純粋に彼氏としてさ」

ユイを真似した冗談混じりの物言いに、ユイがスネたように唇を尖らせる。

でもすぐに顔を赤らめながら、視線を落としてもじもじと嬉しそうな顔を俯かせた。

それから控え目な上目遣いで、精一杯の勇気を振り絞ってユイが小さく呟く。

「……そういうのは、もう少しだけ待っててね？　私も夏臣のこと……ほんとに、好きだから」

その言葉で一気に熱くなってしまった顔をユイから逸らして夜空を見上げると、ユイがくすくすと可笑しそうに笑いながら俺を覗き込んで来る。

「照れてるの？」

「そりゃあ……照れるだろ」

「夏臣も変わらないね。可愛い」

俺なんかとは比べ物にならないくらい可愛いユイが、にへらっと目を細めて俺の腕に抱き付いて顔をすり寄せる。

俺もその頭に頬を乗せて逆の手で頭を撫でると、ユイが撫でられたところを押さえながら「えへへ」と可愛らしい笑い声をこぼす。

「ね、私のこといつから好きだった？」

「自覚したのは花火大会の時だけど、もっと前から好きだった気もするな」

「じゃあじゃあ私のどこが好き？」

「全部だけど、特にそういう素直で可愛いとこかな」

ユイが嬉しそうに照れながらまた俺の腕に抱きついて来る。

お互いにまだ少し頬を赤らめたまま、ゆっくりと色々な言葉を重ねていく。

繋いだ手を離すことなく、視線を逸らすことなく。

お互いの心に触れ合うように素直な言葉を交わして、飾らない笑顔で笑い合う。

好きなことを伝え合って、お互いにちゃんと自分を見せ合って。

それを二人で受け入れ合って、一緒に二人だけの絆の形を作っていく。

言葉で上手く言い表せないことも、こうやって触れ合うことでぬくもりを分け合って心で触れ合える。

（……ああ、きっとこれが恋人ってことなのか）

恋愛初心者同士がこうやってまたひとつ理解して、ユイとの絆がまたひとつ増えていく。

その度にまた愛おしさが募って、好きな気持ちがまたひとつ強くなる。

お揃いのブレスレットが左手首で揺れて、繋いだ手を確かめるようにぎゅっと握り合う。

「私、夏臣のことを好きになれて良かった」

「俺もユイのことを好きになれて良かったよ」

月明かりと星たちの光に微笑む横顔を淡く照らし出されながら。

愛おしい想い人のぬくもりを確かめるように、もう一度そっとキスをした。

エピローグ

I spoiled
"quderella" next door
and I'm going to give her
a key to my house

そして八月も末日になり今年の夏休み最後の日になった。

俺の人生で初めて好きな人が出来て、さらに彼女が出来たという一生忘れることの出来ない夏もゆっくりと終わりに差し掛かっていく。

とは言っても何も特別なこともない、いつも通りの日常。

まだまだ夏の暑さが緩むこともないけども、暦は着実に秋への移り変わりを示している。


一人で晩御飯の仕込みをしていると、玄関からガチャリと鍵の開く音が聞こえた。

「ごめんね、明日の洗濯とかしてたら遅くなっちゃった」

ユイが謝りながら手慣れた手つきで我が家に新設された鍵掛けフックに合鍵を掛ける。

新設されたとは言ってもただのマグネット式のフックで、俺も帰宅した際には自分の鍵をそこに吊るすようにしている。

なのでユイが合鍵を掛けるとそこには同じ鍵がふたつ並ぶ。

ユイが嬉しそうに目を細めながら、重なった鍵を指先でちょんと揺らした。

小さく金属が当たる音を立てて揺れるふたつの鍵を見て、ユイがにへらっと幸せそうに微笑む。

今までは特に鍵置き場は作ってなかったけども、ユイがうちの合鍵を使うようになってから作ったこの鍵掛けフックは思いのほか便利で俺も気に入っている。

何より毎日ユイが楽しそうに揺らして幸せそうに喜んでる顔を見れるのが良い。

「はいこれ、明日の制服。アイロンがけしといたよ」

「悪いな、助かるよ」

「全然。自分の制服にアイロンかけるついでだし、大好きな彼氏の制服をアイロンがけしてるのもね？　なんかこう、いいものだからね」

えへへと嬉しそうに自分の髪をいじりながら、シワひとつなく丁寧にアイロンを掛けてくれたシャツとスラックスをハンガーに掛けてくれる。

「夏休みも今日で最後だもんね。早かったなぁ」

「色々あったもんな、今年の夏休みは」

しみじみと呟くユイに俺が相槌を打つと、ユイがはにかみながら青い瞳を優しく細める。

お互いに一生忘れることのない夏休み。

でもこの先もっとたくさんの思い出が増えて行くんだろうと思う。

俺のスマホの画像フォルダの中にはユイの制服と私服はもちろん、浴衣姿、水着姿、ウェデイングドレス姿まで保存されていて、共有のアルバムに上がってる写真ひとつひとつにもたくさんの思い出がある。

この先はどんな可愛いユイが見れるかなと思うだけで口元もにやけてしまう。

「なーおみ？」

キッチンに立ってる俺の背中から、ユイが細い腕を回してぎゅっと抱きついて来る。

猫がのどを鳴らすように気持ち良さそうな声をくすぶらせながら、俺の背中に遠慮なく可愛らしい頬をむぎゅーっとすり寄せてくる。

鶏肉を仕込んでいた手を洗うと、サランラップで落とし蓋をして味を染み込ませている内に、後ろを振り返ってユイを抱き締めながら頭を撫でてあげる。

「ふふ、気持ちいいなぁ。夏臣になでなでしてもらうの大好き」

くすぐったそうに甘えながら、無防備な笑顔を上げて俺に向けた。

ほんの目と鼻の先恋人の距離でユイが愛おしく青い瞳を細める。

「……ね、ちゅーして？」

お願いされるまでもなく俺からそっと唇を重ねる。

華奢な背中に腕を回すと、今度はユイの方からも俺に唇を重ねてくれる。

「ユイ……」

「なおみ……好き……ん、ちゅ……」

それぞれの唇をついばみ合うようにキスを繰り返した後、お互いのおでこを触れさせたまま優しく目を細めて微笑み合う。

俺たちはもうすっかり恋人で、こんな愛情表現も自然に出来るようになっていた。

ユイはもう深窓の令嬢なんて面影も見えないくらい、本当に表情が柔らかくなって可愛らしくなった。

さすがに外では人目を気にして手を繋ぐ程度だけど、二人でいる時は隙あらばくっついて遠慮なく甘えてくる彼女がめちゃくちゃ愛おしい。

「合鍵、もう返せないからね？」

「返すって言われても受け取らないけどな」

お互いの笑う吐息さえもくすぐったい距離で笑い合いながら、左手でユイの頬を撫でると銀色のブレスレットがきらりと光った。

俺とユイが初めて贈り合ったプレゼントは、今でもしっかりお互いの左手に約束を輝かせてくれている。

こうやって大事なものが増えて、大切な思い出も、約束も、絆も、愛情も、全部を二人で抱えてこれからも過ごしていく。

二人でもっと色々なことを知って、成長して、変わっていく。

それでも絶対に変わらないものをこの手に抱き締めながら、ユイと歩調を合わせてずっと一緒に歩いていく。

　この出会いはきっと、偶然なんかじゃないから。

　ここで出会えた必然の奇跡を愛おしく思いながら、もう一度ユイの頬を撫でてキスをする。

「じゃあ今日もユイの大好きなからあげを揚げるとするか」

「ん、夏臣のからあげ大好きだから嬉しい」

「本当にユイはからあげ好きだな」

「私の大事な大事な思い出の味だからね」

　一分の曇りもない笑顔でそう答えると、ユイが手馴れた動きでストックしてある揚げ油を手渡してくれて、俺ももう用意してあった揚げ鍋へと中身を注いでコンロの火を点ける。

　お揃いのブレスレットが左手で揺れて、それを見たユイが幸せそうに微笑んで俺を見上げた。

「こんな彼女だけど、これからもよろしくね」

「こっちこそ、こんな彼氏だけどよろしくな」

　二人きりの部屋の中に小さな笑い声が重なって、ふたつ並んだうちの鍵が揺れて煌めいていた――

あとがき

「一巻の終わり方は、そこで物語が終われるようにして下さい」

自分が初めてラノベを出版するに当たって言われたこの一言に、今のライトノベル業界の厳しさが集約されてるなぁと思いました。

そんな中でわたくし雪仁(ゆきひと)の処女作『隣のクーデレラ』は三巻を刊行させていただけましたこと、本っっっっっ当に超ありがとうございます！！！

そんな厳しい現実の中ながら、一年という時間と三巻という物量をかけてようやくタイトル回収まで漕(こ)ぎつけることが出来ました。

『じっくりコトコトと素材を煮込んで、味を染(し)み染(し)みにさせた恋愛物語を書きたい』などと、この時勢に聞き分けのないワガママをゴリ押させてもらいましたが、それでもしっかりと自分が納得する形まで書き切れたということは本当に作者冥利(みょうり)に尽きるの一言以外ありません。

夏臣(なおみ)とユイが出会い、信頼を置き合って、心の距離が縮まって。

お互いに影響し合うことでお互いが成長をして、新たな自分を知って、また新しい一歩を踏み出してさらに新しい関係を構築していく。

さらに余計な味付けも難しい調理法も使わず、ただシンプルに真っ直ぐに二人が出会って幸せになるだけの物語ではありますが、この作品でやりたかったことをブレずに最後まで貫くことが出来たのは、誰よりも今このあとがきを読んで下さっているあなた様方のお陰様です。処女作という人生に一度しかない機会を、こんな風に自分が納得出来る形で最後まで書き切らせて頂けたことを心の底から謝辞をお送りします。

本当にありがとうございましたあぁぁあぁぁ！！！

……まぁ、読み返す度に自分にパンチしたくなる拙い技術は置いといて。

なので今作の企画・執筆開始時に描いていた超遠いゴールには何とか到着出来たわけですが、著者の自分もまったくの予想外なことにコミカライズまで決定いたしました！

まぁ今巻の帯にデカデカと書かれている（らしい）ので、ここで改めてお話するのもネタバレ感が甚だしくはありますけれども。

ありがたいありがたい一巻の重版に引き続きまして、これこそ本当に私の力など関係なく、一巻から手に取って応援して下さる皆様のお陰様以外の何者でもありません。

改めまして言葉にならないほど超ありがとうございます！！！

で、それに当たって二巻と三巻続けて初出情報のあらすじを間違えるという失態を犯して頂きました編集サイドから、

「確かに三巻で内容のきりは良い所ですけど、コミカライズまでするんですから、よっぽどのことがない限りは……分かりますよね？」

と、大人らしく行間を察しろよ、という感じのありがたいお言葉を頂きましたので、「はっ！　了解であります！」と敬礼で答えておきました（仲良し）。

つまり、これを読んで下さっている皆様も行間を読んで応援して下さるとこの先の未来が開ける可能性があるような感じのようです。

現時点ではそんな感じにふわっとしかお伝え出来ませんが、そんな未来の可能性を仄めかして頂けるのも応援して下さる方々あってのお話で、本当にありがとうございます！

お礼ばっかりのあとがきですけども、こんなところだからこそ自分の言葉として読者様方に直接伝えられることがあると思いますのでご容赦下さいませ。

そんな未来（仮）の話にはなりますが、次は晴れて恋人になったからこその二人の変化と成長、それと特盛りのメガいちゃいちゃを描けたらなぁと思います。

無事にタイトル回収を終えたからと言って物語のコンセプトを変えるつもりはありませんので、さらにじっくりと素材を煮込んで味を染み込ませた料理を提供出来ればなと。

そして『隣のクーデレラ』の出版を支えて下さった皆様にいつもの謝辞を。

今回の表紙も、イラストにするのは超大変だろうなぁと思いつつ綺麗な要素をとにかく詰め込みましたが、自分がイメージしていた以上の出来栄えのイラストを描き切って下さったかがちさく先生。いつも自分の細かい指定を嫌な顔せずに修正にもお付き合い下さってありがとうございます。

仕事の連絡チャットの文字上からでも滲み出て来るような苦い反応をしながらも、脱稿ギリギリまで文章の修正をさせて下さる担当編集の平和さん。

コミカライズやキャンペーンなどの販促でものすごく尽力をして下さったKさん。

そしてツイッターやブログ等で感想を書いて『隣のクーデレラ』を広めて下さる皆様と、本作を買い支えて下さっている今この謝辞を読んでいる目の前の読者の皆様。

そのどこが欠けても自分と『隣のクーデレラ』はここまで辿り着くことが出来ませんでした。

何度も申し上げて恐縮ですが、他人事だと思わずこの謝辞を受け止めて下さると幸いです。

改めまして超ありがとうございました。

次にまたあとがきでお会い出来るかはまだ分かりませんが、速報は雪仁のツイッターにて出していきますので、よろしければフォローしてやって下さいませ。

そして一巻、二巻とあとがきに誤字があり読者様からツッコみを頂きましたので、今巻こそは誤字がないよう祈っています（敢えて見直し無し）。

以上、雪仁でした。

◉雪仁著作リスト

「隣のクーデレラを甘やかしたら、ウチの合鍵を渡すことになった1〜3」（電撃文庫）

本書に対するご意見、ご感想をお寄せください。

ファンレターあて先
〒 102-8177　東京都千代田区富士見 2-13-3
電撃文庫編集部
「雪仁先生」係
「かがちさく先生」係

本書は書き下ろしです。

電撃文庫

隣のクーデレラを甘やかしたら、ウチの合鍵を渡すことになった3

雪仁

2021年10月10日　初版発行

発行者　青柳昌行
発行　株式会社KADOKAWA
〒102-8177　東京都千代田区富士見2-13-3
0570-002-301（ナビダイヤル）
装丁者　荻窪裕司（META＋MANIERA）
印刷　株式会社暁印刷
製本　株式会社暁印刷

ISBN978-4-04-913945-7　C0193　Printed in Japan

電撃文庫　https://dengekibunko.jp/

電撃文庫創刊に際して

文庫は、我が国にとどまらず、世界の書籍の流れのなかで〝小さな巨人〟としての地位を築いてきた。古今東西の名著を、廉価で手に入りやすい形で提供してきたからこそ、人は文庫を自分の師として、また青春の想い出として、語りついできたのである。

その源を、文化的にはドイツのレクラム文庫に求めるにせよ、規模の上でイギリスのペンギンブックスに求めるにせよ、いま文庫は知識人の層の多様化に従って、ますますその意義を大きくしていると言ってよい。

文庫出版の意味するものは、激動の現代のみならず将来にわたって、大きくなることはあっても、小さくなることはないだろう。

「電撃文庫」は、そのように多様化した対象に応え、歴史に耐えうる作品を収録するのはもちろん、新しい世紀を迎えるにあたって、既成の枠をこえる新鮮で強烈なアイ・オープナーたりたい。

その特異さ故に、この存在は、かつて文庫がはじめて出版世界に登場したときと、同じ戸惑いを読書人に与えるかもしれない。

しかし、〈Changing Times,Changing Publishing〉時代は変わって、出版も変わる。時を重ねるなかで、精神の糧として、心の一隅を占めるものとして、次なる文化の担い手の若者たちに確かな評価を得られると信じて、ここに「電撃文庫」を出版する。

1993年6月10日
角川歴彦

ギルドの受付嬢ですが、残業は嫌なのでボスをソロ討伐しようと思います
uketsukejou saikyou
残業回避！
定時死守！
（自分の）平穏を守るため、
受付嬢が凄腕冒険者へと変貌する――!?
ギルドの受付嬢ですが、残業は嫌なので
ボスをソロ討伐しようと思います
冒険者ギルドの受付嬢となったアリナを待っていたのは残業地獄だった!?　すべてはダンジョン攻略が進まないせい…なら自分でボスを討伐すればいいじゃない！
第27回
電撃小説大賞
金賞
受賞
［著］香坂マト
［ill］がおう
電撃文庫

インフルエンス・インシデント
Influence Incident
SNSの事件、山吹大学社会学部『白鷺ゼミ』が解決します！（多分）
駿馬京
illustration◊竹花ノート
女教授と女子大生と女装男子が
インフルエンサー
インターネットで巻き起こる
インシデント
事件に立ち向かう!
第27回
電撃小説大賞
銀賞
受賞
電撃文庫

豚になった俺が、
異世界で美少女と
いちゃラブ(!?)する
ファンタジー

逆井卓馬
Author: TAKUMA SAKAI

[イラスト] 遠坂あさぎ
illustrator: ASAGI TOHSAKA

豚のレバーは加熱しろ

Heat the pig liver

the story of a man turned into a pig.

純真な美少女にお世話される生活。う～ん豚でいるのも悪くないな。だがどうやら彼女は常に命を狙われる危険な宿命を負っているらしい。

よろしい、魔法もスキルもないけれど、俺がジェスを救ってやる。運命を共にする俺たちのブヒブヒな大冒険が始まる！

電撃文庫

浮遊世界の
無数の島々が浮かぶ世界で
エアロノーツ
森日向
〈イラスト〉──にもし
自分探しの旅がはじまる。
心躍るロードノベル開幕!
世界を変える《干渉力》の才能を持つが故に人々から疎まれ、心を閉ざしていた少女・アリア。自由気ままな飛空船乗りの泊人や、文化や価値観の異なる島の住人たちとの交流のなかで、少女は《風使い》としての力を開花させていく──。
電撃文庫

ある中学生の男女が、永遠の友情を誓い合った。1つの夢のもと運命共同体となったふたりの仲は、特に進展しないまま高校2年生に成長し!?　親友ふたりが繰り広げる、甘酸っぱくて焦れったい〈両片想い〉ラブコメディ。

電撃文庫

キミの青春、
私のキスは
いらないの？
Don't you need
my kiss for your youth?
うさぎやすぽん
イラスト あまな
「普通じゃない」ことに苦悩する
すべての拗らせ者へ届けたい
原点回帰の青春ラブコメ！
「ね、チューしたくなったら
負けってのはどう?」
「ギッッ!?」
「あはは、黒木ウケる
――で、しちゃう?」

暴虐の魔王、転生した未来世界で
魔王の適性皆無と判断される!?
魔王学院の不適合者
MAOH GAKUIN NO FUTEKIGOUSHA
~史上最強の魔王の始祖、転生して子孫たちの学校へ通う~
著†秋
illustration†しずまよしのり

おもしろいこと、あなたから。
電撃大賞